Corte N

Titolo: **Corte Nera**

Autori: **Tina Cacciaglia - Paolo D'Amato**
Rocco Papa - Piera Carlomagno

Runa Editrice

via Firenze, 43 - 35010 Villafranca Padovana (PD)
www.runaeditrice.it - info@runaeditrice.it

ISBN 978-88-97674-37-5

Stampato per conto di Runa Editrice nel mese di giugno 2014
da Projectimage, Villafranca Padovana (PD) su carta ecologica certificata FSC

Tina Cacciaglia - Paolo D'Amato
Rocco Papa - Piera Carlomagno

Corte Nera

RUNA EDITRICE

Prefazione

Questa bella antologia si dipana come un nastro intessuto di emozioni, delitti, imprevedibili barlumi di umanità e osceni dirupi di perversione, attraverso i secoli.

L'abile penna degli autori intesse una trama rigorosa che interseca fatti storici e accadimenti puramente di fantasia, sempre però pienamente integrati nella realtà documentata dell'epoca.

Lo scenario è Salerno, e le storie narrano di odio, amore, passioni sempiterne, svolte attraverso la tela dei secoli. I fatti, se pur inventati, sono assolutamente verosimili e sfido il lettore più documentato a separare la realtà dalla fantasia, il dettaglio storico verificabile dal volo di immaginazione.

Due i fili conduttori di queste storie: il primo è la costruzione del personaggio principale che scaturisce prepotentemente dalle pagine come vittima predestinata delle passioni altrui o dei propri desideri. Una figura di donna tratteggiata con pennellate differenti ma ricollegabili, al di là degli anni e dei diversi autori.

Gemma, il racconto di Tina Cacciaglia, ci immerge nella vita complicata e pericolosa alla corte del Principe Arechi, nell'VIII secolo dopo Cristo, con le cupe vicende di una fanciulla guaritrice esperta di erbe, coinvolta in una storia più grande di lei. L'accuratezza storica è in questo come negli altri, un pregio ulteriore.

È Gemma la vittima sulla cui morte si indaga in *Trista pro-*

vincia ribelle, di Paolo D'Amato, ambientato nel 1860, quando Garibaldi entrò da trionfatore in Salerno. Le vicende storiche fanno da sfondo a un dramma contorto in cui gli abissi dell'animo umano sono svelati con abilità.

Di nuovo una donna che si chiama Gemma, e di nuovo una donna con oscuri poteri di guaritrice, stavolta negli anni convulsi della Seconda Guerra Mondiale in *Secondo natura*, il racconto di Rocco Papa. Una storia convulsa in cui odio e amore sono fusi in maniera inestricabile, narrata attraverso gli occhi di un uomo che vuole trovare, a ogni costo, la verità.

E infine, ancora una Gemma, nella Salerno del 1990, anch'essa tratteggiata con accuratezza, un'epoca vicina ai nostri giorni ma anche ormai irrimediabilmente diversa, in *Plenilunio d'estate* di Piera Carlomagno. È anche lei una ragazza particolare, travolta da un intrigo, dalle passioni e dalle complicazioni di persone adulte, i cui destini e i cui interessi investono come un fiume in piena la sua innocenza.

L'altro fil-rouge intessuto in queste pagine è l'arma del delitto, una sagitella, antico strumento utilizzato per praticare salassi, che compare di volta in volta, di secolo in secolo, tra le mani degli assassini.

Un destino comune, una trama di sangue che impregna il tessuto dei secoli, per una antologia tutta salernitana da gustare, assaporare, centellinare come un bicchiere di vino rosso invecchiato al punto giusto, alla ricerca di dettagli, curiosità, verità storiche e invenzioni ben congegnate sul passato della bella città di Salerno.

Diana Lama

Gemma

di Tina Cacciaglia

784 d.C.

La serata era trascorsa lenta. L'aria tiepida della primavera inoltrata aveva allontanato il sonno e in molti a corte erano rimasti, dopo il pasto, alla tavola del principe Arechi, seduti accanto alle grandi arcate della terrazza che affacciava sul mare. L'assenza della luna in quella notte confondeva il nero del cielo con quello dell'acqua che, in uno sciabordio lento, s'illuminava soltanto di piccoli riverberi dove un accenno d'onda si rompeva sulla battigia.

Sulla destra, quasi a poterla sfiorare, la costa d'Amalfi era resa visibile dal suo profilo che interrompeva il puntiforme luccichio delle stelle, e Salerno, silenziosa e addormentata, si distendeva intorno alle mura della reggia longobarda.

La principessa, con le sue donne, s'intratteneva ancora ad ascoltare le canzoni dei poeti di corte. Solo il principe Arechi era stanco, la giornata era stata lunga e, sebbene desiderasse riposare, lo attendevano dei documenti da leggere e su cui apporre il sigillo regale. Il mattino seguente il suo marphais sarebbe partito di buon'ora per consegnarli alla badessa di Benevento.

Il principe rivolse uno sguardo di saluto alla moglie e lasciò la grande sala. Non chiamò servi con sé a rischiarare il cammino con le torce, ma reggendone una egli stesso s'avviò per la scala che portava all'ala del palazzo adibita a biblioteca.

Sovrappensiero, cominciò a salire i gradini di pietra. Il piede scivolò il suo appiglio e Arechi si sostenne al muro, la torcia gli cadde. Nel gesto di raccoglierla la mano si bagnò di un liquido viscido, lo stesso che calpestato ne aveva causato la caduta. Il principe rimase a fissarsi il palmo, sporco di una sostanza scura ancora tiepida, sangue. Dagli scalini ne scendeva lento un rivolo, gocciolando da un gradino al successivo, un rosso nastro sottile che piano si dipanava.

Istintivamente Arechi portò la mano all'elsa del pugnale che gli pendeva a lato della veste. In silenzio, senza dare alcun allarme ai suoi soldati, continuò a salire. La mano sinistra a tenere alta la torcia, la destra stretta sull'arma. Il rivolo continuava la sua corsa verso la base della scala e i primi gradini in alto, dove iniziava lo stretto corridoio, erano quasi completamente ricoperti dal sangue.

Sollevò ancora più in alto la fiamma della torcia e inorridì allo spettacolo che gli si parò davanti. Il suo marphais giaceva supino sul pavimento, mentre dalla giugulare usciva ancora a fiotti la lava del sangue.

Il principe mosse lo sguardo intorno a scrutare se ci fosse qualcuno celato nel buio e s'inginocchiò accanto all'uomo. Il corpo del maresciallo longobardo si contrasse un'ultima volta, in disperata lotta con la morte, poi s'arrese e giacque immobile.

Senza più la pompa del cuore a dargli la spinta, il fiotto violento si spense e nel sangue che defluiva apparve infisso nello squarcio della gola, tra i lembi della giugulare recisa, l'oggetto affilato che ne aveva provocato la morte. Arechi lo strinse e lo sfilò dalle carni.

Lo conosceva bene, era una sagitella, lo strumento con

cui venivano eseguiti i salassi. Lo pulì con un lembo del mantello e lo fece scivolare in una delle tasche. Dopo aver calato le palpebre sugli occhi spalancati del marphais si decise a dare l'allarme.

Era in notti senza luna, come quella, che alcune piante medicamentose andavano estratte dal terreno e conservate al chiuso e al buio della bisaccia. Gemma era andata lungo il perimetro del secondo muro di cinta a raccoglierle. L'archiatra le aveva lasciato, affissa sul calendario dei turni, una lunga lista di foglie e radici e in una notte tanto scura non era stato facile trovarle. Quando era uscita dal Hortus Magnum ed era scesa dalla collina verso la Porta Catena, il sole rischiarava ancora l'ultima linea dell'orizzonte. Ed erano ore che, china lungo il bordo delle mura più esterne e prospicienti al mare, con l'aiuto di una torcia cercava negli incavi dei mattoni le preziose piante. I segreti del loro uso li aveva imparati fin da bambina.

Sebbene svolgesse il suo compito con cura, Gemma provava ansia allo scorrere veloce delle ore. Al sorgere del nuovo giorno Lupo sarebbe partito per incarico del principe, e lei avrebbe voluto trascorrere con lui parte della notte. Raccolse ancora qualche radice, poi a passo svelto s'avviò verso la reggia, costeggiando il torrente che scendeva verso il mare.

Non aveva ancora svoltato l'ultimo angolo che apriva nel largo della Corte reale che s'accorse di uno strano movimento e di gente assiepata. Lungo gli spalti perimetrali della reggia era tutto un correre di soldati e le varie sale s'illuminavano, or l'una or l'altra, della luce delle torce. Accelerò il passo, sentendo una strana angoscia stringerle il petto.

Non ebbe bisogno di salire a Palazzo, né di chiedere che

cosa fosse successo. L'archiatra era alla base della scala e tese le braccia verso Gemma al solo vederla. «Fatti forza,» le disse «il marphais...»

Il resto delle parole si perse nel sordo dolore che afferrò cuore e tempie della ragazza, nelle lacrime che presero a scenderle lungo il viso, nello stomaco che le si rivoltò riempendole la bocca dei suoi umori. Mentre si accasciava tra le braccia dell'anziano archiatra, vide venire verso di lei la principessa Adelperga.

Un istante dopo la voce del capo delle guardie risuonò autoritaria. «Che nessuno le si accosti, non sappiamo se ha altre armi con sé. Restate tutti fermi.» Poi, comandò ai suoi soldati. «Prendetela e portatela via.»

Due uomini armati afferrarono Gemma, strappandola all'abbraccio del vecchio. La ragazza, intontita, sembrava non comprendere quanto le stava accadendo. Fu l'archiatra a parlare. «Che significa tutto ciò?». Anche la nobile Adelperga sembrava attendere una spiegazione a quell'arresto.

«Abbiamo ragione di credere che sia lei l'assassina del marphais. Per ordine del principe Arechi dobbiamo imprigionarla.» disse il capo delle guardie e fece cenno ai suoi uomini di condurla via.

L'archiatra fece un passo indietro, chinò il capo di fronte al volere regale, raccolse la bisaccia con le erbe che era caduta alla ragazza e la strinse al petto sotto il suo mantello. Gemma, silenziosa e curva, stretta tra le due guardie, sparì dietro il cancello che scendeva alle carceri, inebetita dal dolore.

***

Uno strano prurito lungo le gambe la svegliò. Dapprima

aveva preso a grattarsi, furiosa, cercando di non uscire dal sonno, ma il pizzicore era stato tale che Gemma aveva finito per far sanguinare la pelle a furia di strisciarci violenta le unghie.

Aprì gli occhi, era avvolta dal buio, un nero diverso da quello della notte. Una sorta di chiarore scendeva unicamente dall'alto, come se fuori da qualche parte esistesse ancora il sole.

A un tratto ricordò. Nell'istante in cui la sua coscienza ritornò vigile anche l'orrore della morte di Lupo ebbe il sopravvento su di lei.

Vagamente la sua mente ricostruiva i fatti della notte prima, le guardie che la strappavano dalle braccia dell'archiatra, la porta della cella che le si richiudeva alle spalle, e le lacrime, piante fino a quando il sonno, pietoso, le aveva donato l'incoscienza.

Il prurito che l'aveva svegliata continuava senza tregua a solleticarle la carne, nell'oscurità non poteva guardarsi le gambe, ma sentiva sotto i polpastrelli che erano gonfie di ponfi, rotondi e duri. Cimici? Pulci? Chissà quanti animali abitavano la paglia su cui era stesa, la cui puzza le provocava una disgustosa nausea.

Vecchi escrementi di topi e umani, rinsecchiti e ancora maleodoranti dovevano impregnarla. Lei stessa non sapeva in quale altro luogo avrebbe mai potuto svuotare le sue viscere.

Acqua, se solo avesse potuto avere dell'acqua per calmare il bruciore alle gambe e la sete, che le stava montando sempre di più man mano che la sua mente si schiariva e il ragionare tornava facile. Oscurità e mancanza d'acqua, angoscia e paura, dolore e morte. Già era stato così tanti anni prima, con un'unica differenza: di acqua, allora, ce n'era stata fin troppa.

Si strinse più che poté l'orlo della veste intorno alle caviglie, nel tentativo inutile di tenere lontano da sé gli insetti immondi che, invisibili, dividevano con lei la stessa prigionia. Prese a dondolarsi, sentiva che a breve sarebbe impazzita. Poi, finalmente, si lasciò andare al pianto. Piangeva a grandi singhiozzi, piangeva a dirotto come fanno i bambini. Come aveva già fatto tanti anni prima. Aveva sette anni Gemma e anche allora c'era la paglia, la puzza, la paura...

Se almeno la mamma mi portasse un pesante panno di lana, pensava la bambina. L'umido l'aveva stretta in una morsa di gelo e il fiato, che di continuo alitava sulle mani, non bastava a scaldarle.

La pioggia, incessante, aveva cominciato a stillare tra le pietre delle mura e sul pavimento. La paglia si stava impregnando dell'acqua, che scivolava in rivoli dalla botola sul soffitto, e quanto puzzava! Il liquido scuro e maleodorante veniva giù dopo aver percorso i vicoli di Salerno, portando con sé i rifiuti e gli escrementi che vi erano deposti. Gemma aveva freddo, era stanca ed era sola. La madre non sarebbe venuta che a notte tarda, quando gli avventori della taverna, nelle cui cantine si erano rifugiate, se ne fossero andati.

Aveva fame, desiderava una minestra calda, semmai con i pezzi di verdura ancora bollenti. Si sarebbe scaldata le mani intorno al coccio e avrebbe smesso di tremare. Ma non si poteva, e la bambina lo sapeva bene.

Di certo anche la mamma, in quello stesso momento, stava pensando a lei, chiedendosi quanto ci sarebbe voluto perché si ammalasse, nel fradiciume di quel buco. E forse stava tentando di ricordare tutti i rimedi delle streghe di Benevento, augurandosi di trovare nelle campagne intorno le piante medicamentose.

S'attorcigliò il pannuccio che portava sulle spalle intorno al collo e soffocò il colpo di tosse tenendo premuta la bocca nel tessuto.

Le prime pagliuzze, più leggere, cominciavano a galleggiare e avvertiva l'acqua entrarle nei calzari. Si accoccolò su una panca tirando le gambe a sé, sollevandole dal pavimento.

Il rumore continuava, il ticchettio della pioggia si era mutato in scrosci sempre più violenti, che sembravano non diminuire mai d'intensità, anzi s'udivano a ogni poco rafforzare.

La ragazzina, immersa nel buio del locale in cui si trovava, fissava la sua unica fonte di luce: un piccolo stoppino immerso nel sego. Il vento, che riusciva a infilarsi tra le pietre e negli interstizi della botola, lo piegava finché una raffica più forte lo spense.

Adesso era nel nero più pesto. Tremava di paura a sentire sopra di lei, sul selciato della via, infuriare gli elementi: la pioggia e il vento.

Tese la mano verso la paglia, voleva tirare su gli zoccoli, per non farli infracidire. Ma come il braccio scese verso il pavimento, un grido strozzato le salì alle labbra. La sua mano si era immersa nell'acqua fin oltre il polso. Il fondo della nicchia si stava allagando.

Fare la fine dei topi! Gemma li aveva visti quei grossi ratti scappare dalle pance delle barche ancorate al molo. I marinai li scacciavano con l'acqua, e i topi fuggendo spesso finivano in mare, affogati. La fine dei topi.

La madre non avrebbe permesso che le accadesse nulla, sarebbe di certo venuta a dirle cosa fare prima che la buca di pietre si colmasse. Ma mamma non sa che la pioggia sta entrando? Non immagina che posso affogare? Che fare? Si chiedeva mentre l'istinto le diceva di tirare su la scala verso la botola, aprirla e uscire in strada.

Ma la madre le aveva detto di non farlo mai, per alcuna ragione: «Piccola, qualsiasi cosa accada non uscire da qua dentro, senza che io te lo dica: prometti, giura.»

E Gemma aveva giurato. Però, si disse: non è spergiuro chi viene meno alla parola data per salvarsi da un pericolo?

La mamma aveva ragione, sulla strada, nelle vie c'era qualcosa di molto peggio dell'acqua e del buio.

Sua sorella Berta era sparita il giorno stesso che quegli uomini erano arrivati alla loro casa. Non se n'era saputo più niente di lei. La madre l'aveva cercata, aveva fatto di tutto, promesso ogni cosa, ma Berta era svanita nel nulla.

E poi, a Salerno, la mamma l'aveva calata in quel buco, da cui ormai da chissà quanto tempo non usciva. Tanti, tantissimi giorni senza vedere mai la luce del sole, la falce bianca della luna, senza sentire il profumo del mare, senza giocare all'aria aperta. Solo freddo e paura.

La madre l'aveva messa in guardia da un pericolo che lei non poteva comprendere: c'era una oscura condanna per donne come loro.

Cosa avessero fatto quegli uomini che avevano preso Berta, la madre non glielo aveva detto. Doveva essere qualcosa di così tanto orribile, se la mamma, pur di salvarla, la costringeva al buio e alla prigionia.

Non si sarebbe mossa, salisse pure l'acqua, non avrebbe disubbidito.

Intanto doveva aver raggiunto il bordo della panca su cui era accoccolata, l'aveva sentita prima scorrerle lungo le cosce, poi bagnarle i fianchi. Si tirò su, ginocchioni. Cominciò a pregare la madre del cielo e quella più vicina sulla terra; nella paura le confondeva. Non importava chi delle due, ma una, una sola, doveva venire in suo soccorso.

Un rumore sordo, come se venisse dalla terra stessa. Un suono mai sentito, ma da atterrire chi lo udiva. Era come il rumore dell'acqua portata a bollore sul fuoco, ma mille volte di più, come se bollisse in un enorme, gigantesco contenitore. O come se venisse giù da una grande altezza.

In un momento l'acqua le raggiunse la vita e prese a salire verso i piccoli seni. La bambina scese dalla panca e a tentoni cercò la scala che di notte spingeva all'imboccatura della botola, quando sua madre andava da lei. La trovò un momento prima che l'acqua fetida le sfiorasse le labbra.

Issò la scala e cominciò ad arrampicarsi. Come avrebbe fatto ad aprire la botola non lo sapeva, ma la fossa di pietre sotto di lei era quasi del tutto allagata, e la fine dei topi non la voleva fare.

Spinse il legno della botola, parve cedere, si sollevò appena. Eppure come lo spiraglio si aprì, le precipitò addosso un'enorme quantità di pioggia e di fango, la cui forza finì per richiudere il portello. Spinse di nuovo, niente, le sue braccia non smuovevano di nulla quel legno pesante. Il rumore che prima era stato solo un rombo sordo, prendeva vigore, e sembrava che si dovesse abbattere su di lei.

La bambina si mise a spingere, spingere, come una disperata e a urlare, urlare senza posa. L'acqua saliva, oramai quasi tutta la scala era sommersa, se fosse venuta su ancora un poco...Urlava, urlava come una pazza, in preda al terrore, spingendo, spingendo con tutte le sue forze.

A un tratto sentì il legno cedere, il portello saltare su. Una cascata d'acqua colpirla, sferzarla con potenza, il fango rotolarle in gola, i piedi cedere a tanta forza. Sentiva che stava per perdere la presa e ricadere nel fondo della buca.

Improvvisa una mano l'afferrò, una forza la tirò verso l'alto. Qualcuno la stringeva a sé.

Poi il rombo potente prese ad abbattersi a poca distanza da loro. Gemma vide un fiume di fango saltare, piegarsi e bollire da un muro all'altro, strappando ogni cosa, trascinando con sé tutto quello che incontrava. Il giovane soldato che la reggeva, tenendola come un fuscello sotto un braccio, saltava e correva davanti a quel fiume sempre precedendolo di qualche misura.

La bambina svenne. Non vide l'onda di piena entrare nella taverna dove era sua madre, né il suo corpo spegnersi prigioniero tra il banco di mescita e la madia.

Quando Gemma riaprì gli occhi, si rese conto che sia lei sia il suo salvatore erano al riparo di un tetto. La pioggia continuava a cadere e l'acqua fangosa a scorrere impetuosa sotto di loro. Fissò l'uomo che la stava guardando e mormorò: «Grazie.»

Lui sorrise e rispose: «Lupo.»

Il ricordo del marphais suscitò in Gemma un nuovo fiotto di lacrime. Quell'uomo era stato tutto per lei, dapprima le aveva salvato la vita, poi insegnato l'amore. Ma questo era accaduto anni dopo.

Di quel loro primo incontro, Gemma ricordava la paura, l'angoscia. L'avventurarsi tra i morti dell'alluvione alla ricerca di sua madre, la catasta di corpi, e il cadavere della mamma. Il petto che le si era contratto nello sforzo dell'urlo che la sua bocca voleva lanciare. Il soldato che, veloce, la riprendeva in braccio, turandole con forza le labbra, spegnendole la voce e correndo lontano.

Non poteva tenerla con sé nel suo alloggio di soldato, Lupo aveva cercato di spiegarlo alla bambina, ma Gemma gli si era stretta alle ginocchia e lo aveva supplicato di non abbandonarla. Allora il soldato l'aveva lavata, le aveva dato del cibo, dei panni caldi. Solo quando l'aveva vista più calma, l'aveva serrata in casa con il chiavistello ed era andato via.

Era tornato accompagnato da una suora. Una lontana parente di Lupo che viveva la sua vocazione all'ombra del convento di San Giorgio. Rivestirono la bambina di abiti eleganti e la presentarono alla badessa come una nobile orfana, loro parente, che intendevano affidare alla cura e all'istruzione del dotto monastero. Tra quelle mura Gemma sarebbe cresciuta, alla sua schola avrebbe imparato a curare la gente con le erbe medicamentose.

Erano stati anni tranquilli, sereni, fatti di studio e di gioco con le altre ragazze che come lei imparavano l'antica arte.

Solo poi Gemma comprese perché Lupo le avesse imposto di presentarsi alle altre come una sua parente: a San Giorgio avevano accesso unicamente le nobili figlie dei funzionari longobardi, non certo una come lei, venuta da chissà dove, figlia di chissà chi. Grata a Lupo e alla suora che si erano presi cura di lei, Gemma aveva ubbidito, e aveva cercato ogni giorno di ripagare tanta generosità con una precisa esecuzione dei compiti che al convento le venivano affidati.

Era cresciuta, e la riconoscenza per il soldato si era trasformata in amore. Aveva diciassette anni e fino al giorno prima la vita le cantava nel cuore.

Un fruscio nella paglia la fece rabbrividire, strappandola ai ricordi. Si alzò in piedi, poggiando la schiena alla parete e prese a battere le mani. Il rumore forse avrebbe tenuto lontano le bestie. Topi? Scarafaggi? Quale altro immondo animale divideva con lei il buio e l'umidità della cella?

Restò dritta contro il muro per delle ore, mentre la sete diventava sempre più una tortura e il bisogno di svuotare la vescica impellente. Le pietre a cui era poggiata si andavano raffreddando, scendeva di nuovo la notte e il sole non le scaldava più.

Cominciava ad avere freddo, un gelo che le si insinuava nelle ossa, le faceva battere i denti. Ogni tanto un nuovo rumore nella paglia, o un nuovo pizzico alle sue carni, la faceva sussultare di ribrezzo, facendola tornare vigile. Per il resto del tempo un torpore la invadeva, finché divenne sonno e Gemma, senza più alcuna volontà, si lasciò scivolare a terra e cadde in un sonno senza sogni.

***

Le porte del consistorum erano chiuse. All'interno di quella sala dedita alle udienze giudiziarie, il capo delle guardie era stato convocato dai funzionari e dai giudici.

«Quindi è vostra convinzione che il marphais Lupo sia morto a causa della gelosia della medica Gemma.»

«Sì, miei signori, gelosia. Nel mentre che l'allarme per l'omicidio del marphais veniva dato, a Palazzo è arrivato l'archiatra accompagnato da una delle giovani mediche della sua schola, Giselda. Quando la ragazza ha saputo dell'accaduto, ha strattonato le guardie e si è precipitata sulle scale dove era ancora il cadavere. Lì ha cominciato a urlare e a imprecare contro Gemma. Diceva che il marphais da qualche tempo amava lei e che era deciso ad abbandonare l'altra, e che Gemma, venutane a conoscenza, folle di gelosia, lo aveva di certo ucciso.»

I giudici assentirono e congedarono il capo delle guardie.

Solo uno dei funzionari rimase a grattarsi la barba intento a pensare. «Mi chiedo,» disse «perché l'archiatra, che pure era giunto a corte con Giselda, stamani, quando l'ho incontrato, mi ha chiesto stupito il perché dell'accusa. Se le ragazze sono entrambe discepole alla sua schola, non poteva ignorare la rivalità che si era venuta a creare tra loro.»

«Ebbene, Folco, che vuoi dire?»

«Non so, vorrei poter sentire le donne, tutte e due.»

«Dirò ai soldati di andare a prendere Giselda, anche se basterebbe ascoltare la sola Gemma. Non ci mancano i mezzi per farla confessare.»

«Non li userete.» Sotto l'arco della porta la principessa aveva ascoltato le ultime frasi.

A sentire la sua voce gli uomini tacquero e s'inchinarono.

Adelperga continuò: «È venuto da me l'archiatra a ricordarmi che Gemma non ha nessuno della sua famiglia in vita, e che il marphais era l'unico, da anni ormai, a farsi carico di tutto quanto la riguardasse. Ora che è morto, l'archiatra Roderperto, nella sua bontà di vecchio, si è offerto di ricoprire quel ruolo di tutore che, secondo la legge, dovrebbe esercitare il principe. Intanto che Arechi prenda una decisione, è mio desiderio che la ragazza non venga toccata.»

La principessa si allontanò. Le era costato un grande sforzo andare fino al consistorum e parlare. Non le piaceva invadere con la sua presenza gli ambiti dei funzionari della corte regia, né influire sul loro operato. Questo caso era diverso, Gemma era non solo una giovane donna, ma anche una medica della schola che la stessa Adelperga aveva voluto. La principessa si sentiva responsabile della ragazza e non voleva che le venisse inflitta alcuna pena prima che della sua colpevolezza la giustizia longobarda fosse certa.

***

Da quanto tempo era in carcere? Due? Tre giorni? Gemma non lo sapeva, non avendo mai visto sorgere il sole né scendere la notte. Una sola volta la porta della cella si era aperta e un soldato le aveva lasciato una ciotola d'acqua e della minestra. Poca roba, la sete e la fame erano tornate in fretta, così come la febbre che le faceva bruciare la pelle e spaccare d'arsura le labbra.

La morte non le faceva paura, anche perché questa volta non aveva altra speranza. Non ci sarebbe stato Lupo a darle un'altra possibilità di vita. Anzi raggiungerlo nel regno di Odino o di Cristo Salvatore, non la spaventava, quasi se lo augurava.

A incuterle terrore, e tanto, era il lungo cammino che il suo corpo avrebbe dovuto affrontare prima della morte. Sapeva di essere giovane e sana e che, anche se privata di luce, cibo e acqua, la sua fibra avrebbe resistito a lungo, e la sofferenza prolungata nel tempo le sarebbe stata atroce da sopportare.

Il mattino seguente Gemma venne portata fuori dalla sua cella, le fu permesso di lavarsi, cambiarsi d'abito, mangiare e soprattutto bere. Quando il suo aspetto fu presentabile venne condotta da Folco.

«Sedetevi» disse il soldato che l'aveva guidata dalle carceri alle sale dei funzionari. Gemma ubbidì, continuando a schermarsi il viso con il palmo delle mani, la luce accecante del giorno, dopo tanto buio, le arrecava un forte dolore agli occhi.

Folco diede ordine di chiudere leggermente gli scuri delle finestre e sedette sulla panca accanto alla ragazza. «Ti è stato detto il motivo per cui ti trovi in cella?»

Gemma fece un gesto di diniego con la testa e disse: «Posso immaginarlo.»

«L'accusa contro di te è di omicidio: avresti per gelosia assassinato con una sagitella il marphais Lupo.»

«Gelosia?» gli occhi di Gemma si aprirono fissi in quelli del funzionario «e di chi?»

«Di Giselda, la medica che, come te, segue gli insegnamenti dell'archiatra.»

«No, non sono mai stata gelosa di lei. Lupo non aveva nulla a che fare con Giselda.»

«La ragazza dice di essere stata la sua donna e che Lupo, innamorato di lei, avesse intenzione di rompere la promessa che lo legava a te.»

«Ma non è per niente vero! Lupo non ha mai pensato a Giselda, ne sono certa. Lui amava me.»

Gemma si era alzata in piedi. Mosse alcuni passi protestando ancora verso l'accusa che le era stata rivolta, poi la testa prese a girarle e la debolezza e la febbre la fecero afflosciare lenta sul pavimento.

Folco la sostenne, la riaccompagnò alla panca e le dette dell'acqua da bere. Gemma, mentre si andava riprendendo, continuava senza sosta a ripetere «Perché? Perché farmi questo. Io non ho ucciso Lupo.»

«Nessuno quella sera ti ha vista alla schola e nemmeno a Palazzo, dov'eri?»

«Sono una raccoglitrice di radici ed erbe, quella notte ero stata mandata dall'archiatra a fare il mio lavoro. Arrivai al Palazzo prima del sorgere del sole, quando Lupo era già morto. Ebbi appena il tempo di saperlo, che i soldati mi portarono via.»

«Sei andata sola a cercare le medicamentose?»

«Sì.»

Folco rimase in silenzio a guardare il viso di Gemma che non mostrava altre emozioni se non un grande dolore.

Una sofferenza distante, che non riguardava se stessa, profonda e persa in un mondo dove non c'era più il suo uomo. Quando chiamò le guardie per farla riaccompagnare in cella, la ragazza si limitò a mormorare: «Di nuovo il buio.» Null'altro.

***

Salendo le stesse scale che il principe aveva percorso la

sera dell'assassinio di Lupo, Folco non sapeva bene che cosa cercare. Scrutava gli scalini e il pavimento, dove rimaneva solo un vago alone scuro nel punto in cui dalla gola del marphais era sgorgato copioso il sangue.

S'inginocchiò e sfiorò la macchia con la punta delle dita, si guardò intorno come a voler ritrovare l'ultimo sguardo di Lupo. Cosa avevano visto i suoi occhi mentre la lama della sagitella gli recideva la vita? Che il movente fosse la gelosia, così come sosteneva il capo delle guardie, continuava a non convincere Folco. Non dopo aver ascoltato Gemma.

La sua esperienza di funzionario giudiziario gli aveva insegnato la sottile arte della menzogna: gli accusati che a fronte alta mentivano per salvarsi la vita, quelli che invece lo facevano a testa china e con le mani sudate e quelli che in lacrime spergiuravano nel nome di ogni dio di non essere colpevoli.

Nulla di tutto ciò aveva visto nello sguardo di Gemma. Se la ragazza aveva mentito, meritava di essere fatta salva per la suprema interpretazione che aveva dato dell'innocenza.

La porta massiccia che chiudeva sul fondo il corridoio scivolò sui cardini e si schiuse. Folco non vi era mai entrato, era una delle sale che i principi avevano voluto adibite a luogo di studio. Curioso, si accostò e lento spinse il battente.

«Buona giornata, Folco.»

«Salve a te, Rodeperto.»

L'archiatra, posate delle pergamene e altri rotoli che aveva tra le mani, girò intorno al tavolo e sedette. «Sono sfinito. Vieni Folco, accomodati accanto a me. Nel mentre che facciamo due chiacchiere, ne approfitto per far riposare le mie vecchie ossa.»

Il funzionario accettò l'invito, ma non sedette subito e

prese a girare per la stanza guardando ammirato le pareti ricoperte di mensole e teche, ricche di manoscritti.

«Splendida vero?» disse l'archiatra.

«Non credevo vi fossero stipati tanti scritti.»

«E non solo qui. Da quell'arco sul fondo si accede a una sequela di sale simili a questa. La principessa, sai, opera ogni giorno al suo arricchimento.»

Il funzionario cominciò a sfogliare alcuni dei documenti e scorse il titolo di qualche opera. Vi erano testi su i ricettari e gli erbari, raccolte di rimedi e terapie, antica farmacia magnogreca e bizantina. «Sono unicamente di medicina?»

«In questa sala sì, nelle altre sono conservati scritti di altre discipline: grammatica, dialettica, giurisprudenza. Quelli che stai guardando, opere mirabili, vengono dai vari cenobi e monasteri.»

«Li conosci tutti?»

«Ritengo che per me non nascondano più alcun segreto.»

«E li insegni nella tua schola.»

«Solo alcuni. È lungo il cammino che porta alla conoscenza e bisogna percorrerlo con prudenza. Per prima cosa bisogna che le mediche imparino a riconoscere le erbe e le radici e imparino a coglierle.»

Ero a cercare le medicamentose, aveva detto Gemma e le sue parole tornarono alla mente di Folco. «La ragazza accusata di aver tolto la vita al marphais dice che quella notte era appunto a prendere alcune erbe su tuo ordine, è così?»

Il vecchio Rodeperto corrucciò la fronte intento a ricordare. «Non saprei dirlo con esattezza, io stilo un programma di raccolta con i turni, dovrei controllare se quella notte toccava a Gemma questo compito.»

«Puoi farlo?»

«Certo, appena torno alla schola, ti invierò un servo con la risposta alla tua domanda.»

«Giselda e Gemma hanno dato racconti diversi, contrapposti. Essendo entrambe tue discepole che idea te ne sei fatto?»

L'archiatra si alzò e riprese in silenzio il compito che aveva interrotto all'ingresso di Folco, poi disse: «Giselda è un'ottima allieva, la migliore. Non ho che parole di elogio per lei. Anche Gemma non mi ha mai dato motivo di critica nei suoi confronti, per quanto...»

«Per quanto... continua.»

«La ragazza fu portata anni fa da Lupo al convento di San Giorgio, disse che era una sua lontana parente e che la madre con cui viveva era morta nell'alluvione. Il marphais si fece carico di tutte le spese, della dote, e la badessa accettò Gemma nella sua schola. Un anno fa, vedendo quanto la ragazza si distinguesse per cultura e preparazione, l'ho scelta tra le altre per ospitarla presso di me, in modo da curarne meglio l'educazione. Ma chi sia precisamente e perché il marphais tenesse tanto a lei, non l'ho mai realmente capito.»

«Questo non fa di lei un'assassina.»

«Non ho mai detto una cosa simile. Solo che quando arrivò al convento, ancora bambina, conosceva già tante erbe e il loro uso, specie i preparati venefici. La badessa ne fu profondamente colpita. Non so altro.» E l'archiatra riabbassò il capo intento alla lettura.

«E del loro rapporto con il marphais?»

«Io bado al loro studio non ad altro. Non ne so nulla. L'unica cosa che posso dirti è che Giselda è una ragazza seria, modesta e di cui ci si può fidare in pieno.»

Folco decise di andare verso il mare. Lasciato il Palazzo alle sue spalle, s'avviò lungo la via maestra che correva parallela alla costa, stretta tra questa e l'erta della montagna. Il vociare della gente e dei mercanti che invitavano all'acquisto delle tele, dei cocci, dei viveri, non riusciva ad allontanare dalla sua mente i pensieri.

Dopo che ebbe svoltato a destra, andò rasente alle mura e al portale d'ingresso del Monastero di San Giorgio, al cui interno le monache, guidate dalla dotta badessa longobarda, pregavano e lavoravano.

Trasse dei respiri profondi, come sempre faceva su quella via. Le piante e i frutti dei grandi giardini interni, che dalle rive del mare andavano fino al Palazzo d'Arechi, riuscivano con le loro essenze a valicare le alte mura e a spargere intorno il loro profumo, rendendo l'aria di quel luogo piacevolmente salubre. A due passi da quella via era la schola tenuta dall'archiatra, che godeva di un'intensa relazione con il convento, tanto che in quest'ultimo venivano coltivati, con la medesima passione, i semplici. Accanto a quest'erbario, il convento possedeva una biblioteca ricca di preziose pergamene, dove le mediche della schola potevano perfezionare il loro studio.

Superato il secondo e piccolo muro di cinta, Folco arrivò al mare. Sfilati i calzari, noncurante delle piccole onde che gli bagnavano l'orlo della veste, seguì la battigia.

La città gli scintillava intorno, il cielo terso si specchiava in un'acqua immobile. I palazzi e i tetti si stagliavano nitidi sul verde intenso della montagna.

Era un mondo in pace. Persino le ultime rondini, rimaste in quella fine di primavera, sembravano non aver fretta di volare lontano. Il calore del sole gli fece venir voglia di togliersi gli abiti e immergersi. Una bella nuotata, gli avrebbe lavato anche i cattivi pensieri.

In acqua con un colpo di reni si spinse sul fondo e solo allora la sua mente tornò serena. L'assenza di suono, l'ondeggiare lento dei nastri di posidonia, il rapido movimento di una murena che ritirava il suo muso dentato in una cavità, un granchio fellone che procedeva con il suo andamento oscillante sulla sabbia e i pesci, poi, con i loro colori iridati, le squame lucenti, piccoli quanto l'unghia di un uomo o grandi quanto un suo braccio. Lasciarsi andare in questo ambiente aveva sempre permesso a Folco di dimenticare l'altro, quello degli uomini. Ogni vivente cerca un proprio luogo dove ritemprarsi, un suo rifugio dalla vita, pensava Folco, e per lui era la profondità del mare.

Nuotò a grandi bracciate verso il largo e, dove il fondale era più profondo, scese fino a quando cominciò a sentire la pressione alle orecchie e i polmoni iniziare a bruciare per l'assenza d'aria. Un attimo ancora, in questa sua sfida con il mare, poi emerse, ispirando forte a bocca aperta. Tornò verso la riva, più sereno e pronto a incontrare Giselda.

***

Un'altra notte era calata sulla città di Salerno, lenta la vita si era spenta nelle sue strade e anche nel Palazzo tutto era silenzio. Solo una delle stanze era debolmente illuminata, l'archiatra era sveglio e si andava togliendo le vesti.

I suoi erano i gesti lenti dei vecchi. Sollevare le braccia, calarsi a togliere i calzari gli provocava smorfie di sofferenza. Quando rimase con la lunga tunica chiara che ricopriva la sua nudità, apparve ai suoi occhi il grande alone giallo che da tempo ormai ne macchiava il tessuto. Lo sfilò con accortezza, trattenendo tra i denti piccoli gemiti di dolore.

Infine sciolse i lacci che tenevano serrato sotto la sua ascella un morbido panno, più volte ripiegato, sporco del liquido giallo che la suppurazione delle sue carni aveva intriso. Prese un panno pulito e con un infuso pulì l'escrescenza di carne che adesso, visibile, lo faceva ancora una volta inorridire. Il dolore era, come ogni volta, tornato intollerabile, e dopo aver nuovamente fasciata la parte, Rodeperto dovette ricorrere al preparato oppiaceo che, solo, lo calmava.

Sfinito, si stese sul letto. La sua esperienza d'archiatra gli permetteva di riconoscere tutti i segni del male che lo stava conducendo alla morte. Il suo corpo smagrito che non assimilava più i cibi, i muscoli che non possedevano alcun tono, il cuore che s'accelerava a ogni minimo gesto. Che beffa, pensava, io che conosco ogni cura e ogni rimedio, io che lenisco le sofferenze di ognuno, non posso curare me stesso. Una risata amara si aprì sul suo volto prima che il sonno lo ghermisse.

L'archiatra non era il solo ad aver vegliato a lungo, anche Gemma nel buio della sua cella aveva trovato nel sonno solo un poco di riposo al sorgere di un sole che non avrebbe varcato le mura che la costringevano. Gli abiti puliti, il ristoro dell'acqua e del cibo, che aveva avuto quando era stata portata alla presenza del funzionario, erano solo un ricordo. Di nuovo, da giorni, sporco fetido, fame e sete erano i suoi tristi compagni.

Nelle prime ore in cui aveva fatto ritorno alla prigione si era arrovellata su quanto Folco le aveva detto circa la gelosia e la storia d'amore tra Lupo e Giselda, senza venirne a capo.

Sfinita aveva desistito, a che sarebbe valso proclamarsi ancora una volta innocente? Chi avrebbe ascoltato le sue urla, seppure le avesse gridate nel buio della cella?

Non c'era che da aspettare la decisione dei giudici e cercare di restare viva il più a lungo possibile, sforzandosi di buttar giù le immonde minestre che il soldato ogni tanto le passava attraverso la feritoia, e centellinare l'acqua che le veniva data. Un'acqua amara, fangosa, che per fortuna il buio non le permetteva di vedere, così come non vedeva cosa fossero i grumi densi della minestra che le scivolavano in gola procurandole conati di vomito.

Ogni tanto, quando dei passi risuonavano cupi nel corridoio delle carceri, tendeva l'orecchio sperando, che almeno una volta, si fermassero alla sua porta, ma sempre continuavano oltre e si perdevano in nuovo silenzio.

Li udiva anche adesso, mentre usciva dal limbo del torpore in cui cadeva sempre più spesso, e questa volta li sentì fermarsi. Clangore di chiavi e la porta che si apriva illuminando la cella, Folco entrò e il soldato che gli aveva aperto, dopo aver lasciato una torcia, uscì e richiuse.

Gemma provava profonda vergogna a farsi vedere in quel luogo e in quello stato: la puzza dei suoi escrementi e del suo corpo appestava l'aria, e i capelli, sciolti e intricati, le piovevano ai lati del viso appiccicosi. Le mani e gli abiti erano unti della minestra che, mangiata al buio, l'era sgocciolata spesso indosso. La ragazza scoppiò a piangere.

Il funzionario sciolse il mantello che indossava e lo strinse attorno a lei, coprendola. Sorrise, da una tasca tirò fuori un pezzo di pane e della carne, poi dall'altra, con attenzione, prese una fiaschetta con del vino speziato. «Ecco, tieni, non ho potuto fare di più. Il divieto di dare conforto è ferreo, anche per chi ricopre un incarico come il mio e può accedere alle carceri. Ti avrei con piacere portato dei panni puliti se solo me lo avessero permesso.»

Gemma, che tremava mentre afferrava il cibo e lo stringeva al seno, era grata all'uomo.

«Mangia, su! Parleremo quando avrai finito.»

Lo fece. Prese ad addentare con voracità il pane e a mordere la carne, mentre le lacrime di vergogna non smettevano di scenderle dagli occhi. Non avrebbe mai voluto dare un tale misero spettacolo di sé.

Il mantello e il vino infusero un piacevole tepore al suo corpo e il cibo fermò i morsi dolorosi che allo stomaco le procurava da giorni la fame. Quando Folco vide che la ragazza era più tranquilla e un lieve colore l'era tornato in viso, cominciò a parlare. «Ti chiedo di rispondermi con tutta la sincerità del tuo giovane cuore. Davvero ignoravi il rapporto d'amore che era nato tra Giselda e Lupo?»

Gemma fissò gli occhi di Folco e, senza staccare lo sguardo, rispose: «Sì. È così, l'ho già detto. Non c'è mai stato nulla tra loro due.»

«Ho interrogato Giselda, dice che quando tu sei andata con altre mediche e la principessa a Benevento, lei è rimasta alla schola. Durante la tua assenza lei e Lupo si sarebbero innamorati. Al tuo ritorno, lui ti avrebbe detto la verità scatenando la tua rabbia.»

La ragazza chinò il capo, quelle parole erano una grande menzogna. Sentiva, però, che le sue di difesa non sarebbero state egualmente ascoltate. «Non è così» mormorò «ma a che vale...»

«Ammesso che sia falso, come sostieni, allora c'è qualcuno che ha voluto che la colpa dell'omicidio ricadesse su di te.

Giselda? Se è lei che ha mentito. Ascoltami bene, Gemma, e rispondimi solo dopo aver riflettuto. Hai qualche nemico? Ci deve essere un motivo per cui Giselda ha inteso accusarti, forse una persona a cui Lupo era inviso.»

Fece come le aveva detto Folco e pensò a lungo, riandando con la memoria agli ultimi mesi. «Non ho mai avuto alcun screzio con Giselda. Siamo, o forse, eravamo amiche. Davvero, non c'è nessuno che mi sia nemico, e per quanto ne so anche Lupo era benvoluto.»

Il funzionario restò in silenzio ad attendere che quella certezza di Gemma diventasse anche sua. Mosse qualche passo, poi tornò davanti alla ragazza. «L'archiatra mi ha detto di non conoscere il tuo passato e che Lupo stesso non gli ha detto null'altro se non che eri una sua lontana parente. Raccontami di te, può essere importante anche questo.»

«In verità non ho molto da dire, ero una bambina quando nell'alluvione mia madre morì e Lupo mi portò alla schola. Anche se...»

«Se?»

«Io non ero una sua parente» disse pensando che questa verità oramai non le avrebbe potuto procurare un danno peggiore.

«E allora perché si prese cura di te?»

Gemma raccontò a Folco della cantina dove era nascosta, dell'acqua che saliva, del suo terrore, della mano provvidenziale di Lupo che l'afferrava nell'attimo stesso che il gorgo la stava risucchiando. Disse della morte della madre, del suo cadavere accatastato tra gli altri morti, della solitudine e del marphais che si era preso cura di lei e l'aveva affidata alla badessa.

«Hai detto che tua madre ti teneva nascosta per un pericolo che aveva già preso tua sorella, che cosa temevate?»

«Non lo so, ho solo vaghe immagini della casa dove abitavamo, di urla e di uomini che portavano via Berta, mentre mamma mi ordinava di non fiatare e scappava tenendomi per mano verso i campi. Poi, arrivate a Salerno, mi chiuse nella cantina e non mi spiegò nulla, disse solo che non ne dovevo uscire.»

«Quindi non sei di qui?»

«Mamma diceva che eravamo di Salerno, e che dopo ce ne eravamo andate a vivere in quella casa.»

«Dov'era?»

«Non so, ero troppo piccola. Non era lontana, ricordo che siamo tornate in città a piedi, riposando solo ogni tanto lungo la costa.»

«Fai uno sforzo, Gemma, cerca di ricordare qualche altra cosa.»

La ragazza si concentrò, tentando con tutta se stessa di far riaffiorare i ricordi. Le risa con la sorella, i loro giochi. Proprio pensando a quando si rincorrevano felici all'aperto, alcune immagini salirono alla sua coscienza. «Ecco, sì, mi pare di ricordare che abitavamo in un luogo pieno di sole, in pianura, c'era acqua e piante che vi crescevano dentro. In alto, da casa mia si vedevano, non lontano, delle pietre antiche completamente coperte dalla natura. Lì mamma ci portava a cogliere le piante. E poi... il melograno, mamma diceva che il melograno non doveva mai mancare. Mi spiace, ricordo solo questo.»

Bastava, Folco aveva capito chiaramente da dove Gemma era venuta, ora gli mancava solo di sapere da quale pericolo era fuggita.

***

Il principe si sarebbe assentato per alcuni giorni dalla città e tutto l'apparato giudiziario si sarebbe fermato. Folco aveva preso la notizia come un buon segno. Ecco il tempo che gli occorreva per il suo breve viaggio. Senza dire nulla ad alcuno, prese il cavallo, un solo mantello caldo per la notte e uscì dalle mura.

Si dirigeva verso sud, il mare alla sua destra ad accompagnarlo con la sua striscia di azzurro e la pianura che si andava aprendo dall'altro lato, con sullo sfondo le montagne lontane. Ogni tanto era costretto a fare delle lunghe deviazioni al suo cammino per scansare acquitrini e paludi. Le rade costruzioni degli abitanti della zona erano poco più che capanne. Alcune mandrie di animali allo stato brado attraversavano la sua strada intente a ruminare l'erba che cresceva copiosa. In lontananza, a metà dell'altezza di un monte, si vedevano le uniche costruzioni in muratura, probabili chiavi di volta del racconto di Gemma.

Si arrestò alla foce del Silarus. Folco smontò, era stata una lunga cavalcata e le sue gambe desideravano sgranchirsi. C'erano gente e barche lungo le rive del fiume, merci che venivano scaricate e altre che attendevano di essere issate sulle zattere. Il Silarus era la via breve e più usata per collegare le popolazioni dell'interno con quelle della costa. Questo avveniva da sempre, da quando quell'insediamento era stato parte della Magna Grecia.

I terreni intorno erano paludosi, con alti canneti e l'aria pesante del puzzo della macerazione delle piante e dei cadaveri degli animali che vi avevano trovato la morte. Più avanti, sull'altra riva, nel fitto bosco già visibile agli occhi di Folco, era sorto un tempo un santuario dedicato a Hera Argiva, fondato, si narrava, da Giasone e dagli Argonauti alla ricerca del vello d'oro. Si diceva che la stessa dea fosse usa coltivare le sue erbe medicamentose sulle sponde della foce del fiume. Molto era leggenda, Folco lo sapeva bene, ma tante erano le donne che proprio su queste rive avevano imparato i segreti della terra e le virtù di piante e radici.

L'archiatra non gli aveva forse detto che Gemma ancora bambina già ne possedeva una buona conoscenza? E la stessa ragazza non aveva ricordato quando con la madre imparava a raccoglierle? Proprio nel luogo dove si trovava Folco erano nati i più antichi racconti di donne dedite alla magia, capaci di comprendere i misteri della natura. Questo già da prima, da molto prima che uomini come l'archiatra facessero di queste conoscenze oggetto dei loro studi e delle loro schole.

Riuscire a capire che la casa da dove Gemma e sua madre erano fuggite era in quelle vicinanze, non era stato difficile per Folco. La ragazza aveva parlato di una pianura assolata, di tanta acqua, di una palude e di vecchie pietre, ciò lo avrebbe potuto portare a pensare a vari luoghi, ma quando la ragazza aveva nominato il melograno, questo lo aveva condotto dritto solo alla foce del Silarus. Hera Argiva era da sempre ricordata, in ogni leggenda che le appartenesse, con in mano un melograno, il simbolo della fertilità e dell'abbondanza di vita.

Rimontò a cavallo e lo spinse al galoppo verso quell'unico nucleo di case in muratura sul monte, che aveva avvistato poco prima. Lungo la strada si attardò a chiedere ai pastori dei pochi capanni che incontrò se avessero mai conosciuto la madre di Gemma, non ottenendo nessuna risposta. Non era facile, erano passati dieci anni da quando le due donne avevano lasciato quelle zone. Continuò a chiedere a ogni abitante che incontrava sulla sua via. Infine raggiunse la cima della bassa collina.

Non c'erano più di una decina di piccoli edifici, dall'aspetto misero e con i tetti di paglia e pietre e gli abitanti, così come poco prima i pastori, nel sentirlo arrivare si erano ritratti, muti e spaventati, nell'uscio delle case. Uno straniero a cavallo e ben vestito poteva essere solo fonte di guai.

Folco ancora ad arcioni chiese a voce alta di poter avere dell'acqua per sé e per il suo animale, ma gli abitanti sembravano aver inghiottito la lingua e uno a uno serrarono gli usci. Solo una vecchia spavalda avanzò verso di lui. «Non c'è niente da rubare, perciò andatevene. A valle c'è il fiume, bevete là.»

Il funzionario fece tintinnare delle monete nella borsa che gli pendeva al fianco. «Sono stanco e vi pagherò il disturbo, mi basta dell'acqua e un poco di pane, se ne avete.»

La vecchia lo fissò, poi gli fece cenno di entrare. Folco smontò e seguì la donna nella sua casa.

«Eccovi l'acqua e del pane»

Ringraziò e fece cadere due monete nel palmo teso della donna. «Ve ne do ancora se mi offrite del vino e mi fate riposare un poco su questa panca.» La vecchia bofonchiò un sì e tese di nuovo la mano verso di lui.

Il funzionario sedette e prese a sorseggiare lento il vino, mentre con fare distratto sbocconcellava il pane. La donna, che era uscita ad abbeverare il cavallo, rientrò e si fermò dritta davanti a lui. «Perché siete qui? Cosa volete veramente? Il vostro cavallo non ha schiuma e le sue froge sono fresche. Aveva bevuto da poco e si era già riposato.»

L'uomo rise. «Avete ragione, ma non conosco altro modo per entrare in una casa senza invito.»

«Cosa volete da noi?» La vecchia era indietreggiata portandosi a lato della tavola, dove era la lama che aveva usato per tagliare il pane.

«Non temete, sono qui per fare solo qualche domanda, e forse proprio voi che siete anziana mi potete rispondere.» Folco lesse ancora diffidenza negli occhi della donna e decise di essere sincero. «A Salerno c'è una giovane donna accusata di aver ucciso il suo uomo. Lei nega con forza e se, come dice, è innocente, allora c'è qualcuno che le vuole del male. Questa donna da bambina viveva da queste parti con sua madre e sua sorella...»

«Il suo nome» la voce suonò gracchiante.

«Gemma»

«Per la suprema Hera, allora è viva!» La vecchia tirò a sé uno sgabello e sedette. Si strofinò con forza gli occhi asciutti. «Se avessi ancora lacrime le piangerei.»

«La conoscete?»

«Vivevano qua, avevano una piccola casa. E la madre come sta?»

«È morta poco dopo che andarono via dal vostro villaggio, perì nell'alluvione di Salerno.»

«Che volete? Cosa pensate di trovare tra noi straccioni?»

«Gemma sa che la madre era fuggita da qui in seguito a un pericolo grave che sua sorella maggiore non riuscì a scampare, ma non ha mai saputo di cosa si trattasse. Forse, dietro questo antico pericolo, è nascosto colui o colei che oggi l'ha fatta accusare di omicidio.»

La vecchia mugugnò tra sé, si storse tra due dita il labbro inferiore, le rughe della fronte si strinsero fonde. «Vi dirò quel che so, dopo tanti anni non porterà male a nessuno. La madre e le due figlie vennero qui da Salerno che Gemma era piccolina, mentre Berta già si avviava a diventare femmina. Il motivo? La madre era una delle donne che ancora praticano l'antica arte di Hera giù alla foce del fiume e aveva viaggiato molto per arricchire le sue conoscenze, era stata a Brescia, a Benevento e nei monasteri sui mari d'oriente.»

«Quindi era come le mediche di Salerno?»

«No, molto di più.»

«Che volete dire?»

«Lo spirito della Grande Madre era su di lei e su quelle come lei. Erano come le antichissime mulieres, streghe guaritrici, affascinatrici, avvelenatrici, maghe rhizotomoi, e a questi ultimi due gruppi apparteneva la madre di Gemma.»

«E che significa rhizo...?»

«Raccoglitrice.»

Ero andata a trovare le medicamentose, aveva detto la ragazza, e l'archiatra aveva precisato che da bambina già era esperta nel riconoscere e raccogliere le erbe. Folco catturato dalle parole della donna la incitò a continuare.

«La madre di Gemma era brava, era la migliore, conosceva rimedi a tutti sconosciuti. Un tempo, molti anni prima che si sposasse, a Benevento qualcosa andò storto. Un marito e una moglie, mi raccontò, che avevano lo stesso male e che si erano curati con una sua pozione, non guarirono. Anzi, la moglie morì tra atroci sofferenze e l'uomo le sopravvisse afflitto da grandi dolori. Era gente ricca, di nobile famiglia. L'uomo incolpò la madre di Gemma di essere adepta del demonio, di fare riti satanici, di adorare ancora la Vipera.»
«Posso immaginare il resto... la vendetta lo spinse a volerla morta. Mandò loro uomini armati e...»

«Ma la donna riuscì a sfuggirgli, non esercitò più la sua arte e conosciuto un brav'uomo lo sposò. Tanti anni dopo, ormai vedova, venne a sapere che ancora la cercavano. Lasciata Salerno venne a vivere qua. Ma non bastò, quegli uomini arrivarono. Sì, fu così. Presero Berta e ben poco di lei ritrovammo sulla riva del mare. Gemma e sua madre scapparono e non ne sapemmo più nulla. Mi sono sempre augurata che fossero sopravvissute.»

Folco bevve l'ultimo sorso del vino. Che ci fosse un legame tra la morte di Lupo e questa vecchia storia era labile, troppo. «Secondo voi è possibile che qualcuno voglia vendicarsi ancora colpendo Gemma?»

«Non credo, è una vecchia storia in cui sono tutti morti, oramai. È passato tanto, troppo tempo.»

«Di che cosa era affetta la coppia che non riuscì a guarire?»

«Un male raro, che già aveva colpito la sua famiglia, e di cui solo uno o due persone al mondo conoscono la cura. La madre di Gemma diceva che gli ingredienti e le quantità della pozione erano scritti soltanto su una preziosa pergamena.»

«E come mai lei li conosceva?»

«Vi ho detto che aveva tanto viaggiato e, non so dove, aveva avuto modo di leggerla, almeno così mi disse. Eppure, nel curare quei due aveva sbagliato qualcosa, e fu un errore che costò caro a tutti.»

«Un'ultima domanda e vado via, il sole cala e voglio rientrare in città. Se questo male incurabile aveva già colpito i membri della stessa famiglia, perché colpire marito e moglie che non hanno lo stesso ceppo?»

«Perché quell'uomo e quella donna erano parenti tra loro, figli di fratelli.»

Lasciate, sul tavolo della vecchia, il resto delle monete che aveva con sé, Folco era risalito sul cavallo e aveva preso la strada del ritorno.

Quindi Gemma e sua madre erano fuggite via per una cura sbagliata quasi trent'anni prima che il marphais fosse assassinato. Non ci poteva essere nessun legame possibile tra le due cose. Nulla di quanto aveva scoperto scagionava o dava un motivo nuovo a Gemma per aver tolto la vita a Lupo. Il suo viaggio era stato inutile.

Rabbrividì, la notte scendeva e un insolito vento da nord aveva scalzato la tiepida primavera e riportato un accenno d'inverno. Folco sentiva l'aria fredda schiaffeggiargli il viso e il suo pensiero andò ancora una volta alla ragazza che, nella sua cella, doveva sentirsi gelare. Si augurò che il mantello che le aveva lasciato le desse almeno un poco di calore. Spinse il cavallo al galoppo, aveva fretta di rientrare a Salerno.

***

Un nuovo evento era stato reso noto a sfavore di Gemma. Folco, che ne era venuto a conoscenza non appena era rientrato a Palazzo, ora era certo che i giudici si sarebbero pronunciati a favore dell'accusa.

«Munifica principessa» disse Folco inchinandosi al passare di Adelperga «avrei bisogno di parlare con voi». Gli occhi del funzionario accompagnarono supplici la frase e la donna gli fece cenno di seguirla.

Si fermarono accanto a un'aiuola fiorita, il colore gaio delle corolle e il profumo intenso dei fiori rendevano l'aria dolce, pur non riuscendo a strappare Folco dalla tristezza del suo animo.

La principessa, allontanate le sue donne e rimasta sola con il funzionario, prima ancora che questi avesse cominciato a parlare disse: «È per la medica Gemma, vero?»

Folco non si sorprese, sapeva che a corte tutto quanto accadeva era presto noto. Le mura e le stanze del Palazzo erano trasparenti quale veli e a chi volesse serbare un segreto non rimaneva che agire con suprema astuzia e muoversi silenzioso quanto e più di un gatto.

«Principessa, la ragazza sarà di certo condannata. La notizia che il marphais avesse destinato a lei ogni suo avere rafforza l'accusa mossa nei suoi riguardi. Se Lupo avesse sposato Giselda, Gemma avrebbe perso la sua eredità, oltre l'uomo che amava. Sebbene...»

«Sebbene voi continuiate a dubitarne. Qual è la vostra richiesta?»

«La medica è tanto giovane ed è sola in una cella al freddo, al buio, straziata dalla fame e dalla sete. V'invoco una grazia, che il vostro cuore gentile non potrà rifiutare. Vorrei poter parlare ancora una volta con Gemma, ma non nel carcere dove mi è facile l'accesso. Vorrei poterlo fare nella mia dimora, in modo che possa offrire alla reclusa un pasto, dei panni caldi, la possibilità di lavarsi. Solo voi, mia signora, potete portare questa insolita richiesta al principe Arechi, che a voi non saprà, né vorrà negare.»

«Riferirò a mio marito quanto mi chiedete, sebbene in maniera diversa. La giovane medica sarà portata nelle stanze delle mie donne e presso di loro riceverà quei conforti che voi le volevate offrire, e sempre nei loro alloggi vi sarà concesso di incontrarla.»

Folco s'inchinò grato. Adelperga continuò. «Io non so se sia o meno colpevole di quanto le si imputa, però Gemma deve possedere estreme grazie per aver avuto dalla sua parte per anni, prima Lupo e adesso voi. Non so, ma forse è da temere una donna di tale seduzione!»

«Vi parrà strano, principessa, ma quello che di lei seduce è l'estremo candore. Ho letto nei suoi occhi e vi ho trovato innocenza.»

La principessa lo congedò con un gesto e a Folco non rimase che attendere.

***

L'archiatra, chiamato in gran fretta dalla medica Giselda, si apprestava a entrare nella stanza dell'ammalato. L'uomo che giaceva sul letto si lamentava sommesso, il suo addome e le sue gambe erano gonfi. Gli umori e le linfe del suo corpo ristagnavano da giorni nei suoi tessuti, provocandogli forti sofferenze. La medica gli aveva somministrato più di un rimedio e non ottenendo alcuna miglioria si era decisa a chiamare l'archiatra, distogliendolo dai suoi studi.

Rodeperto visitò l'uomo e scosse la testa, non restava molto da fare. Si volse alla medica e disse che l'unica cura che si poteva tentare, almeno per alleviare il dolore, era un salasso.

Nella sala dedita alla conservazione, Giselda con la chiave aprì il mobile in cui erano stipati gli attrezzi medici e i rimedi, prese una sagitella e, dopo aver richiuso per bene mobile e sala, fece per ritornare alla stanza dell'ammalato.

«Salve, Giselda»

Al sentirsi salutare la medica si girò, ritrovandosi davanti il funzionario giudiziario che l'aveva ascoltata giorni prima. «Salve» rispose. La lingua le era diventata lapposa, temeva quell'uomo, che aveva uno strano modo di guardare, fissando dritto negli occhi e scrutando le pupille come se avesse potuto rubarne i pensieri.

«Cerco Rodeperto, sai dov'è?»

«Seguitemi, è presso un malato.» e, schiusa una porta, Giselda si fece di lato per far passare prima Folco.

«Archiatra.» salutò il funzionario.

«Abbi un poco di pazienza, Folco, e sono da te.»

Giselda tese la sagitella a Rodeperto, poi scoprì il corpo del malato per permettergli di poter incidere le vene. Il funzionario poggiato alla parete, attendeva.

L'archiatra prese l'attrezzo e mentre stava per poggiarlo sulla pelle dell'uomo, ritrasse il braccio destro, girando il viso verso il muro, nascondendo la smorfia di sofferenza che vi era apparsa. Sollevò la lama. «Folco, mi scuserai se ti faccio aspettare un po' in più, ma desidero che sia tu, Giselda, a praticare l'incisione. Voglio vedere con i miei occhi quanto hai imparato di questa elementare operazione.» Passò la sagitella alla ragazza, che la strinse nel pugno.

La medica Giselda sudava, non l'era mai stato facile sentire il tessuto cedere alla pressione della lama, né vedere il rosso vivo del sangue sgorgare. In tutte le occasioni in cui le era stato affidato questo compito, aveva sempre chiesto a Gemma di farlo al posto suo, e l'amica non si era mai rifiutata.

Ora, però, la ragazza era in cella e non c'era altra via che eseguire il salasso. Pose piano la sagitella affilata sulla carne, tastando con attenzione il punto esatto in cui avrebbe dovuto spingere la lama. Mentre i due lembi di carne si aprivano, un violento fiotto di vomito le sgorgò dalla bocca. «Non posso.» Passato lo strumento all'archiatra e stringendosi un lembo della veste sul viso, Giselda corse via.

L'uomo nel letto, con occhi di terrore, vedeva la sua carne appena aperta e sentiva tutto il bruciore. Non capiva perché l'archiatra, con la sagitella in mano, non si decidesse a finire quanto Giselda aveva lasciato incompiuto.

«Ermetruda, Ermetruda» chiamò, quasi urlando Rodeperto.

Dalla porta entrò una donna anziana. L'archiatra le pose tra le mani la sagitella. «Finisci tu il salasso, vieni Folco andiamo di là a parlare.» Poi rivolto di nuovo a Ermetrude «Questa volta Giselda pagherà caro il suo errore.»

La sera scendeva e il sole spariva lento all'orizzonte lungo la linea del mare, una luce arancione illuminava a stento la sala in cui i due uomini erano entrati. L'archiatra si lasciò cadere seduto. Dopo essersi asciugato la fronte con il palmo, prese a massaggiarsi con forza il braccio destro, aprendo e chiudendo a pugno le dita della mano.

«Non stai bene?», chiese Folco. Gocce di sudore ricoprivano il viso di Rodeperto e le guance erano accese di chiazze rosse.

«No, niente. Solo che il salasso è un'operazione banale e Giselda mi ha fatto infuriare. Incompetente!»

«Ma non avevi detto che era la tua migliore allieva?» rise il funzionario.

«E lo è, non in ogni cosa, ma lo è. Non farmi pensare a lei, altrimenti mi monta la furia. Cosa volevi dirmi?»

«Tra due giorni i giudici stabiliranno il destino di Gemma, mi chiedevo se per caso tu avessi qualcosa da dirmi!»

«E cosa mai potrei avere? Se era davvero lei l'incaricata della raccolta la notte della morte di Lupo, te lo mandai a dire subito. La lista non c'era più, forse una delle serve l'aveva gettata, e io davvero non ricordo a chi spettasse il turno.»

«Non è mai stato importante, lista e non lista Gemma ugualmente avrebbe potuto compiere il delitto. Mi chiedo piuttosto se tu, conoscendola come la conosci, la ritieni capace...»

«Di uccidere...certo che no. Ma non si sa in cosa può trasformarci la più scura gelosia!»

«Eppure, io continuo ad avere dubbi.»

«Per fortuna non sarai tu a dover giudicare, non ti torturare. Ora però devi scusarmi, ho promesso alla principessa che avrei letto una pergamena e le avrei riferito stasera stessa.»

Il funzionario uscì e Rodeperto, dopo aver sprangato la porta, prese a sfilarsi furioso gli abiti, finché la grande protuberanza che aveva sotto l'ascella non apparve e il liquido giallo, libero dalla fasciatura, cominciò a scivolare lento lungo la mano dell'archiatra che aveva preso a comprimerlo. Strinse tra i denti un pezzo di cuoio per non fare accorrere le donne di casa alle sue grida di dolore.

«Archiatra, archiatra, vi prego fatemi entrare!» La voce di Giselda, insistente, lo costrinse a buttarsi sul corpo un mantello e ad aprire la porta.

«Entra e chiudi bene.» Ciò detto, Rodeperto fece cadere il mantello e riprese a stringersi il ponfo.

Giselda a stento riusciva a trattenere il ribrezzo che le facevano quelle carni bianche e molli, le ossa puntute che parevano voler bucare la pelle delle anche e delle spalle. Il puzzo acre del sudore e del liquido che colava da sotto l'ascella.

«Che vuoi?»

«Volevo scusarmi per prima...»

Rodeperto la squadrò con disprezzo, già furioso. «Che scuse e scuse! Sei un'incompetente, non sai fare nulla. Dovrei rispedirti a casa dai tuoi, che ti chiudano in convento, lo meriti.»

«No, vi prego, questo no. Mi avevate promesso...» Gisel-da, pallida, piangeva senza singhiozzi.

«Manterrò la mia parola, ora aiutami a bendare la ferita, e poi asciugati quegli occhi e metticela tutta a darmi piacere.»

La ragazza ricacciò indietro le lacrime, e fece tutto quanto l'era stato ordinato.

***

Ancora una volta le guardie avevano prelevato Gemma dalla sua cella. L'avevano condotta in una stanza del palazzo e affidata alle cure di alcune donne. Queste in silenzio l'avevano lavata, rivestita di abiti puliti e le avevano servito un buon pasto caldo, acqua e vino speziato. Ogni tanto la ragazza aveva tentato di rivolgere loro qualche parola, ottenendone in cambio solo dei sorrisi garbati. Si era allora limitata a ringraziarle. Infine le donne si erano allontanate e la porta alle loro spalle era stata chiusa dal di fuori.

Sola, Gemma si era accostata alla finestra sbarrata. Da quanto tempo non guardava fuori? I tetti della città, il cielo e una striscia di mare apparvero a suoi occhi così come li aveva lasciati giorni prima. Eppure quella normalità le pareva strana, il suo mondo s'era capovolto e le risultava impossibile che non lo fossero tutte le cose. Pensava alla gente che nelle case continuava la quotidianità della vita: svegliarsi, lavorare, mangiare, amare, crescere figli. Mentre a lei ogni speranza sembrava negata. Anche le erbe e le radici, al cui studio aveva dedicato la vita vissuta, continuavano a crescere nei campi, ignare e insensibili al suo destino. L'angoscia le premeva il petto, il cuore sembrava poterle cedere.

Nella sua breve esperienza di medica aveva visto uomini e donne morire in un attimo, portandosi le mani al petto. Un solo istante di dolore. Chiusa nella sua cella si era augurata mille volte la stessa fine. Ora, però, con il sole che filtrava tra le sbarre della finestra e la riscaldava, con il corpo di nuovo sazio e pulito, la vita riprendeva il sopravvento in lei. Anche se Lupo non c'era più, la sua giovinezza chiedeva di non essere spenta.

Giselda, da giorni questo nome era diventato un'ossessione. Perché l'aveva accusata? I rapporti tra loro erano stati sempre di profonda complicità, nelle chiacchiere nella stanza prima di dormire, nello studio condiviso, nelle lunghe ore passate nell'orto dei semplici a oziare, ridendo e scherzando al sole. S'era tormentata la mente in infinite congetture, senza venire a capo di nulla. L'unica ipotesi che aveva fatto era che Giselda fosse invidiosa di lei, o fosse segretamente innamorata del marphais, e che in qualche modo, di questo suo rodersi avesse voluto far pagare a Gemma il prezzo, incolpandola ingiustamente.

Quello che sembrava certo agli occhi di Gemma è che l'altra non potesse ingelosirsi del suo essere una brava medica. Da sempre era stata Giselda la preferita dell'archiatra, tanto che a volte, specie a tarda sera, questi la chiamava per farle studiare preziose pergamene o renderla edotta su alcune malattie. All'alba, quando Giselda rientrava nella loro stanza, aveva sempre gli occhi stanchi e le labbra serrate su quanto aveva appreso. Alle domande, che nei primi tempi Gemma le aveva rivolto, incuriosita, sulla notte passata a studiare con l'archiatra, Giselda aveva sempre risposto che, se Rodeperto avesse voluto, sarebbe stato egli stesso a dire a Gemma quanto ora le veniva celato.

Allora perché? Perché? La sua parola contro quella dell'altra.

Giselda, figlia di una nobilissima famiglia scesa al seguito della principessa da Brescia, aveva una madre e un padre e ancor più fratelli e sorelle. Gemma aveva avuto solo Lupo, soltanto lui... Su di una bilancia la sua lingua avrebbe pesato quanto una piuma, quella di Giselda quanto l'oro.

La porta si aprì e Gemma venne bruscamente strappata ai suoi pensieri, sicura che fosse giunto il momento di tornare al buio della cella, invece vide varcare la soglia il funzionario giudiziario. Era la terza volta che lo incontrava, e qualche cosa le diceva che solo in lui viveva ancora il dubbio della sua innocenza. S'inchinò.

«Come state, Gemma?» disse Folco.

«Molto meglio, oso pensare che i conforti che mi sono stati dati siano opera vostra.»

«Non posso prendermene tutto il merito, è stata la principessa Adelperga ad aver esaudito quella che era una mia preghiera.»

«Ringrazio dal profondo del cuore entrambi.» Lacrime di riconoscenza luccicarono tra le palpebre di Gemma.

Folco non aveva animo di troncare di netto con la rudezza delle sue parole, il momento di benessere che la ragazza stava provando. Prese a guardarsi le punte dei piedi, a oscillare sui calcagni, a torturarsi la barba con le dita. Bofonchiò un accenno di frase che risultò incomprensibile. Fu Gemma a farsi carico del suo imbarazzo. «Se dovete dirmi qualcosa, e penso che se non fosse così non sareste qui, parlate vi prego. L'ansia di sapere è peggiore della più triste notizia.»

Il funzionario parlò del suo viaggio alla foce del Silarus, della vecchia che gli aveva raccontato della fine di Berta, di chi era sua madre, dei coniugi malati e della vendetta di lui. Disse anche della disposizione di Lupo che ogni bene fosse lasciato, in caso di morte, a lei, e di come questo rafforzasse l'accusa di esserne stata l'omicida. E di come proprio per questa accusa, lei non potesse giovarsi dell'eredità ricevuta.

La ragazza in silenzio aveva ascoltato, solo le guance le si erano rigate di lacrime lente. Non un singhiozzo, né una parola. Piegò il capo e in un sussurro: «Non c'è nulla da fare per me, sarò condannata.»

L'uomo le si avvicinò e le sfiorò con una carezza leggera i capelli. Folco non aveva parole, l'unica prova dell'innocenza di Gemma restavano la sua semplicità e il suo candore, due cose che non poteva portare in tribunale. La ragazza si appoggiò a Folco, si fece stringere in un abbraccio. Il suo corpo era minuto, leggero, sembrava fatto d'aria più che di carne. La fame patita le aveva reso smunto il viso e le ossa degli zigomi facevano risaltare il viola delle occhiaie. Provò pietà per lei.

L'allontanò da sé. Raggiunse la porta e chiamate le guardie ordinò di riportarla in cella. Prima che queste entrassero, Gemma si slanciò ancora tra le sue braccia. «Un attimo ancora, vi prego, fate che provi un'ultima volta il calore della tenerezza.» Folco la strinse e le sfiorò con un bacio i capelli. «Vai, seguili, io cercherò ancora di trovare un appiglio a tua difesa.»

«Grazie, anche se doveste fallire, io non dimenticherò tutto quanto avete fatto per me. Né ora, né nell'altra vita. Mai, mai per l'eternità, ve lo giuro!»

Quanto era stato alto Lupo? Folco lo ricordava bene, il marphais aveva avuto non solo una rilevante statura, ma anche un corpo possente. Un maresciallo avvezzo alle armi e alla lotta, dai muscoli vigorosi. E ora che il funzionario aveva stretto a sé Gemma, e si era reso conto di quanto fosse piccola e gracile, gli sembrava ancora più impossibile che questa si fosse potuta ergere fino alla gola di Lupo e, senza che questi potesse fermarla, gliela avesse recisa.

In un ultimo tentativo si diresse verso la sala dove erano riuniti al lavoro i giudici e mosse quest'ultima obiezione, ma questi non ne tennero alcun conto. La ragazza avrebbe potuto con moine di donna aver distratto il marphais e averlo ucciso in un abbraccio d'amore. Tra pochi giorni avrebbero deciso, a Folco non era dato di fare di più.

Subito dopo il principe lo aveva convocato, bisognava che partisse per Benevento. All'archiatra urgeva il parere della badessa sulla traduzione di un passo di una pergamena appena arrivata tramite i monaci d'oriente. Il documento era prezioso e non lo si poteva affidare se non a un uomo di grande fiducia, quale Folco era agli occhi dell'archiatra, che aveva suggerito appunto il suo nome al principe Arechi.

Seppure a malincuore il funzionario si affrettò a prepararsi per il viaggio. Gemma sarebbe stata ancora più sola, se per il giorno della sentenza lui non avesse ancora fatto ritorno.

La badessa accolse Folco nella sala delle udienze del convento, di cui da anni era saggia guida e referente delle tante monache che lo abitavano. Il funzionario dopo essersi inchinato e dopo aver porto alla donna il saluto del principe Arechi e della principessa Adelperga, consegnò, così come gli era stato ordinato, nelle mani della badessa il contenitore di legno che custodiva la preziosa pergamena, nonché la lettera dell'archiatra che l'accompagnava.

«Vi ringrazio Folco, il Signore Dio vi renderà merito del viaggio che avete fatto per permettere a me e Rodeperto di studiare con attenzione questo documento che entrambi aspettavamo con ansia.»

«È stato un onore per me. Con il vostro permesso vorrei potermi congedare e ripartire al più presto.»

La badessa, prima di rispondere, scorse veloce lo scritto dell'archiatra. «Devo pregarvi di pazientare e posporre di qualche giorno il vostro ritorno a Salerno. Rodeperto mi chiede una risposta solerte e mi indica voi quale messo. Appena possibile studierò la pergamena e vi consegnerò la mia lettera. Siate nostro ospite e godete in questi giorni della pace e della preghiera che il nostro convento può offrirvi.»

***

Questa volta a Gemma non fu dato l'agio di lavarsi, né di cambiare gli abiti sporchi che indossava con altri puliti, e senza alcuna parola venne trascinata dai soldati fuori dalla cella e portata su per le scale del Palazzo.

Il soldato che procedeva alla destra di Gemma rise. «Non ho mai visto un carcerato uscire tante volte dalla sua cella e andarsene in giro a Palazzo, come questa ragazza.»

«Sarà perché è una bella donna!» aveva risposto l'altra guardia unendosi all'ilarità del primo soldato che, avendo afferrato per i capelli Gemma, le aveva rovesciato verso l'alto il viso. La bocca dell'uomo fu su quella della ragazza. «E se ce la spassassimo un poco anche noi?»

«Lasciala! La principessa ne avrebbe a male, è una sua protetta. Ricordi che l'altra volta l'abbiamo condotta dalle sue donne? No, questa carcerata è trastullo dei nobili, non per gente come noi»

Prima di seguire il consiglio del compagno, il soldato strinse nella mano il seno di Gemma, poi la lasciò andare. «Quando ti condanneranno, prima che esci di qua ti vengo a trovare in cella. Contenta?»

La ragazza si fermò, massaggiandosi la nuca, dove una ciocca di capelli non c'era più, rimasta tra le dita del soldato. Un forte spintone la costrinse a riprendere il cammino.

«Dove andiamo?» chiese, l'ansia e il dolore la facevano camminare ondeggiando come ubriaca.

«La medica ha parlato! Quale onore! Sta zitta e seguici.»

***

Due volte il sole era sorto e per due volte era tramontato, Folco dal silenzio del convento non aveva ricevuto alcun ristoro, il suo pensiero troppo spesso era tornato a Salerno e a quel tribunale dove Gemma sarebbe stata condannata. La sera del terzo giorno la badessa lo aveva invitato nella sua sala privata a dividere con lei il frugale cibo. Lo aveva ricevuto alla sua tavola alla presenza delle suore più anziane come si confaceva al suo stato monacale. Avevano mangiato in silenzio, mentre una novizia leggeva passi del Sacro Vangelo e brani di vita dei Santi.

Solo alla fine del pasto, la badessa aveva dato a Folco la sua lettera di risposta, invitandolo a partire l'indomani mattina. Prima di congedarlo aveva scambiato due parole con lui, chiedendo notizie dei principi e nuove sulle recenti costruzioni volute da Arechi nella città di Salerno. Al momento del commiato gli aveva chiesto: «Come sta Rodeperto? La sua salute è, forse, già minata?»

***

I soldati accompagnarono Gemma nella parte di Palazzo che sorgeva sul lato destro del largo in cui si ergeva la splendida cappella voluta da Arechi. La condussero per le scale che portavano all'ultimo piano, la ragazza rivedeva il luogo dove era vissuta negli ultimi tempi: gli appartamenti dell'archiatra.

Passarono oltre la porta da cui si accedeva alla stanza che aveva diviso con Giselda e non si fermarono nemmeno a quella d'accesso alla sala privata di Rodeperto. Ancora andarono su per l'ultima rampa di scale e furono sull'altana.

Il sole del mattino inoltrato investiva già il terrazzo e l'afa d'inizio estate aveva reso roventi le pietre del parapetto. All'ombra della costruzione centrale l'archiatra aspettava.

Gemma come lo vide gli si lanciò tra le braccia. «Grazie a Dio eravate voi ad attendermi.» Lacrime felici le brillarono negli occhi. La paura si sciolse nella gioia di rincontrare l'uomo che per lei era stato padre e maestro. A un cenno dell'archiatra i soldati andarono via, mentre, da dietro al tavolo dove erano distesi ad asciugare al sole gli strumenti chirurgici, Giselda si avvicinò all'amica.

Non aveva aspettato l'alba. Uscito dalla sala della badessa, aveva radunato le sue cose e preso due cavalli. Montato su uno e tenendo per la briglia l'altro, Folco era partito nel buio della notte. Andava al galoppo noncurante della strada impervia che avrebbe potuto azzoppare la bestia o farlo cadere. Correva, correva. Adesso tutto gli era chiaro, adesso sapeva come salvare Gemma.

Poco prima alla domanda della badessa aveva risposto. «Non sapevo che l'archiatra fosse ammalato!»

«Se non vi siete accorto di nulla vuol dire che sta bene, sono felice di quel che mi dite, è così grave la condanna che pende sul suo capo.»

«Che condanna?»

«Non sarò certo io a dire quello che lui stesso non ha reso noto a corte. Non avrei parlato, non immaginavo...»

Un brivido era sceso lungo la schiena di Folco, come se la verità gli fosse passata accanto e per un attimo lo avesse sfiorato. Era solo una sensazione, ma...

«Ah! Sì, scusate badessa, perdonate la mia distrazione. È vero il nostro bravo archiatra è spesso dolente in più parti del corpo». Rodeperto che si massaggiava il braccio gli tornò chiaro alla mente. «Specie sofferenze alle ossa, agli arti, ma è un uomo forte e coraggioso e non si lascia andare a lamenti. Sebbene la sua situazione...»

«Allora, la conoscete. Dopo i suoi genitori e anche i nonni, Rodeperto sa che può capitargli la stessa atroce fine. Pover'uomo.»

«Un medico che non può curare se stesso, a quanto pare.»

«I genitori fecero di tutto per trovare un rimedio, andarono persino in cerca di quelle donne, antiche mulieres, che sono qui a Benevento o giù alla foce del Silarus. Tutto inutile. Penso che sia stata proprio la paura di questa malattia a spingere l'archiatra fin da bambino a studiare cure e rimedi.»

«Ma non ha trovato neanche lui, con tutto il suo sapere, una cura. Non esisterà, quindi, un rimedio?»

«Dicono che esista, ma in quale pergamena sia riportato è un mistero. Solo una donna, molti anni fa, una di queste mulieres di cui vi ho detto poc'anzi, conosceva la cura, solo che fu imprecisa nel prepararla e non funzionò. Andate Folco, e portate il mio augurio di guarigione al nostro caro Rodeperto.»

***

L'archiatra allontanò il corpo della ragazza da sé. Gemma girava lo sguardo intorno, confusa, mentre una sensazione di gelo le stringeva la bocca dello stomaco. Giselda era a due passi da lei e non mostrava imbarazzo nel vedere l'amica accusata ingiustamente. Sorrideva.

Ferma e rigida, la mascella serrata fino a farle male, Gemma aspettava. Cosa significava quell'incontro? La vaga speranza del pentimento di Giselda si fece spazio in lei.

Ecco, forse per questo era in quell'altana da sola con loro, forse l'archiatra aveva convinto l'altra a ritirare l'accusa, forse volevano dirle che era finita l'angoscia e che il pericolo si allontanava da lei. Avrebbe perdonato Giselda? Certo, sebbene a fatica, sarebbe riuscita a dimenticare la paura, la fame, il freddo e l'insopportabile sete. Pur di tornare libera. Sì, il cuore le diceva che avrebbe abbracciato Giselda, se questa avesse ricusato.

«Ho chiesto al principe di incontrarti un'ultima volta prima della sentenza.» Le parole di Rodeperto risuonarono buie, non c'era traccia di commozione in loro. «Voglio che affronti la tua condanna sapendo la verità.»

«Sono innocente» balbettò sottovoce.

«Della morte di Lupo, in un certo senso ne sei responsabile, quanto me e Giselda.»

«Che dite?»

***

Il cavallo era ricoperto di schiuma e Folco a stento trovava nelle sue gambe ancora la forza di rimanere in sella. Si era avvolto le briglia intorno alle braccia per evitare di scivolare. Deciso che, solo quando le montagne avrebbero dato spazio alla valle, si sarebbe concesso una sosta e avrebbe cambiato destriero. Il cielo si schiariva alle sue spalle e in quel nascente biancore s'intravedeva la nascita del nuovo giorno.

Aveva trovato la chiave che apriva la cella di Gemma. Non sapeva come e perché Lupo fosse stato ucciso, ma sapeva che la ragazza aveva, ignara, un grande e temibile nemico. Non doveva che dirlo ai giudici, il processo sarebbe ricominciato da capo, e lui avrebbe avuto il tempo di comprendere il legame tra la morte del marphais e la malattia dell'archiatra.

***

«Ti ho trattata come una figlia,» disse Rodeperto senza alcuna emozione «fidandomi di Lupo e della badessa di san Giorgio, ti ho educata e accolta in casa mia. La tua bravura e la tua dimestichezza con le erbe medicamentose fin da bambina, mi ha più volte portato a parlare di te con Lupo. Fin quando, un giorno, mi ha confidato la tua vera storia e anche quella a cui era risalito prendendo informazioni su tua madre. È stata una grande delusione la mia. La medica in cui più fidavo, l'erede della mia arte...»

«E io, non sono degna anch'io?» la voce di Giselda fece ritornare Gemma alla realtà, tanto le pareva un incubo quello che le stava accadendo sotto la luce accecante del sole.

«Zitta, inetta! Sei un'imperdonabile inetta.» Rodeperto alzò la mano e fece cenno di tacere a Giselda. Ripreso il suo tono monocorde, continuò. «La mia erede, dicevo, che seppi essere figlia della donna che aveva provocato sofferenze atroci a mia madre e la sua precoce morte. E che, conoscendo il rimedio per il male che affligge tutti i nati della mia famiglia, ne aveva serbato il segreto e sbagliato la mistura. Mio padre riuscì a farsi vendetta su di lei colpendone una figlia, l'alluvione di Salerno fece pulizia anche di tua madre. Restasti tu, e mai avrei pensato che la dolce medica che mi meravigliava con il suo operato fosse la bambina scampata alla morte.»

«Vostro padre ha ucciso Berta!». Gemma piangeva, tutto l'orrore della sua vita le era davanti.

«Ma io non ti ho uccisa... eri la mia migliore medica. Chi oltre te avrebbe potuto curarmi e assistermi, ora che il male della mia famiglia si era mostrato anche sul mio corpo? Ho taciuto, e non puoi dirmi di non averti sempre trattato con la stessa cura e lo stesso affetto.»

«È vero, e allora Lupo?»

«Saprai ogni cosa, sei qua per questo te l'ho detto. La cura per il mio male è stata l'ossessione della mia vita. Ho studiato, studiato fino a diventare l'archiatra del principe. Eppure in tutti i testi non ho mai trovato il rimedio. So che esiste, tua madre lo conosceva, lo aveva letto. Ma quando? Dove? Ho ripercorso tutta la sua vita, ogni posto da lei visitato, ogni città dove aveva abitato, e sono giunto alla conclusione che nel lungo periodo che passò a Brescia, ancora fanciulla, in uno dei tanti conventi dove si conservano le pergamene più rare, lei ne sia venuta a conoscenza. La principessa Adelperga, quando è andata sposa ad Arechi, ha portato con sé da Brescia molti tesori, tra cui un prezioso scrigno che custodisce una pergamena molto antica. Non volendo che si rovinasse, i principi non hanno mai permesso che fosse aperto e il documento dato in lettura. Calma la tua ansia, sto per arrivare alla notte in cui Lupo perse la vita. Mi sono convinto che è proprio in quello scrigno che è nascosta la cura che cerco da anni.»

«Come potete dirlo... potrebbe essere ovunque!»

«Certo, non ho alcuna prova che sia veramente scritto in quel rotolo, ma non avrò pace finché non lo avrò letto. Ho supplicato alla principessa il permesso di poterlo vedere, ma me lo ha sempre rifiutato. Allora, la notte in cui tu eri a cercare le radici, sono andato nella biblioteca della reggia determinato a scassinare il forziere. La sorte ha voluto che Lupo proprio in quel luogo dovesse attendere il principe. È entrato e mi ha sorpreso un attimo prima che cominciassi, ne è nata una colluttazione in cui, come puoi immaginare, io per la mia età ho avuto la peggio. Siamo usciti nel corridoio, Lupo mi teneva per le spalle e diceva di volermi denunciare. Ricordai di avere nella tasca la sagitella, usata poco prima per un salasso. Ho finto un malore, mi sono accasciato e mentre Lupo tentava di rianimarmi gli ho tagliato la gola. È accaduto tutto in un attimo, e un momento dopo già sapevo cosa dovevo fare, ho lasciato la corte e sono venuto a prendere Giselda. Per due volte le persone che erano legate a te, avevano impedito la mia salvezza e mi è sembrato giusto che questa volta fossi tu a pagare.»

***

Il candore che aveva letto negli occhi di Gemma, la semplicità con cui si era proclamata innocente, ritornavano alla mente di Folco a ogni galoppo. Il primo cavallo lo aveva lasciato lungo la strada a un pastore, che aveva lanciato grida di gioia all'inatteso regalo. Ora stava sfiancando anche il suo bellissimo baio, una bestia che amava fin da quando lo aveva scelto puledro nelle scuderie di Arechi.

Eppure sapeva che lo avrebbe ammazzato pur di arrivare in tempo da Gemma e vedere nei suoi occhi riaccendersi la vita. Avrebbe fermato il processo, in udienza dai principi avrebbe portato le sue prove contro l'archiatra, la saggia Adelperga di certo lo avrebbe appoggiato e Arechi avrebbe seguito l'esempio della moglie. Avrebbe, avrebbe... Intanto il sole era alto e mancavano ancora due curve perché da lontano apparisse l'ansa del fiume che apriva verso la piana di Salerno. Fissava l'orizzonte avanti a sé, la prima cosa che avrebbe visto sarebbe stata la Rocca che Arechi stava rendendo sempre più massiccia e forte sulla montagna di Bonadies. Aspettava di vederla... aspettava...

***

L'archiatra si era zittito. Gemma, rimasta immobile fin allo spegnersi dell'ultima parola, ritrovò dentro di lei l'ira sopita.

«Voi, voi avete ucciso Lupo» prese a urlare e si mosse per scagliarsi verso l'uomo che fino a pochi attimi prima le era stato caro. I suoi occhi incontrarono quelli di Giselda e girandosi volse verso di lei la sua rabbia. «E tu, come hai potuto dargli manforte? Come hai potuto dire che ero stata io?»

Giselda arretrò di qualche passo, aveva paura. Paura dell'odio di Gemma e della perfidia dell'uomo che la teneva soggetta a sé. Balbettò «Io, io...»

Rodeperto rise. «Lei, povera stupida, ha tanta poca voglia

di finire in convento che per prendere il tuo posto avrebbe, come ha fatto, venduto l'anima...»

«Ora direte la verità, confesserete al principe quello che avete fatto...non lascerete che mi condannino.»

«E chi verrà in tua difesa? Folco? È a Benevento, l'ho fatto allontanare prima della fine.»

Il rosso dell'ira morì in pallore. A quella frase Gemma si rese conto di essere in loro balia. «Fine?» mormorò.

«Non crederai che ti abbia detto la verità perché tu la potessi raccontare? Sei stupida quanto Giselda se lo hai pensato. No, mia piccola medica, non è così. La tua condanna è certa, ma a me non basta la sentenza della legge longobarda. Io voglio che tu comprenda fino in fondo e ne veda tutto l'orrore. Perché sei colpevole della morte del marphais.»

«Colpevole?»

«Pensaci: se quel giorno lontano Lupo non ti avesse salvato, io non avrei saputo di tua madre, non avrei cercato il rimedio e oggi lui non sarebbe morto. E se tua madre avesse salvato i miei genitori, nessuno di noi oggi sarebbe qua. L'unica vera colpevole ancora in vita sei tu.»

«È vero, è vero... se io fossi morta nell'alluvione, oggi Lupo sarebbe vivo.» Mormorò e un dolore nuovo e più intollerabile di ogni altro le strinse il petto impedendole anche di respirare. Nonostante il sole al suo zenit, Gemma aveva freddo, cominciò a tremare, ma non era più la paura a farla gelare. L'echeggiava tormentandola un'unica frase: sei tu la colpevole.

Intanto l'archiatra aveva ripreso a dire. «Devi sapere che io ti ho parlato, Gemma, ho tentato di riportarti alla ragione. Giselda ti ha confermato l'amore che Lupo aveva per lei. E tu, pazza ancora una volta di gelosia, hai preso da quel tavolo la sagitella con l'intenzione di usarla contro di noi.»

Lo sguardo di Gemma corse agli strumenti medici le cui lame scintillavano alla luce, e per un momento pensò che avrebbe potuto davvero, come diceva l'archiatra, usarle.

«Vedi anche tu che potresti farlo. Ma non lo farai... sei una medica, non sapresti mai uccidere. Rifletti, grazie al nostro incontro di oggi ti sarà dato di fuggire l'orrore della condanna giudiziaria, suicidandoti. Puoi scegliere se farlo da sola o possiamo aiutarti noi. In fondo ci hai aggrediti, e nella lotta, malauguratamente, hai avuto la peggio.»

«No, vi prego, questo no» gridò Giselda, inorridita alle parole dell'archiatra. Si lanciò verso il vecchio. «Non mi avevate detto che questa era la vostra intenzione. Non avrei mai...»

Rodeperto rise. «Troppo tardi per avere rimorsi» e la spinse lontano da sé.

La ragazza si tese di nuovo verso l'archiatra, sempre ripetendo ossessivamente il suo «No, no...non fatela morire.», prese a colpirlo con i pugni, certa che l'altra avrebbe approfittato dell'occasione che forse avrebbe permesso la salvezza per entrambe.

Ma Gemma assisteva alla scena, senza più alcuna cura di vita nello sguardo e nessuna emozione sul volto. Solo indietreggiava lenta, passo dopo passo.

L'archiatra sollevò il braccio e colpì Giselda con tutta la sua forza. La ragazza oscillò all'indietro e cadde. Rodeperto si chinò su di lei, era svenuta. Alzandosi si girò di nuovo verso Gemma e in quello stesso istante orrore e stupore gli contrassero il viso in una smorfia e le mani gli si strinsero al petto.

***

La Rocca apparve e sparì alle spalle di Folco, l'acciottolato della città rimbombò del suo galoppo. Infine, varcato l'ingresso della bellissima reggia di Arechi, nel piazzale smontò da cavallo. Veloce, raggiunse il consistorum.

«Tranquillo, la sentenza non è stata ancora emessa, avremo tutto il tempo per ascoltare le tue nuove» rispose uno dei giudici alla sua richiesta accorata.

A Folco non rimaneva che attendere l'indomani quando avrebbe potuto riferire al principe e agli altri funzionari giudiziari quanto aveva scoperto. Tirò un sospiro di sollievo e scese alle carceri, impaziente di parlare con Gemma.

«Mi spiace, la prigioniera non è qui. Ha avuto il permesso d'incontrare l'archiatra, è presso il suo alloggio.»

A queste parole, Folco raggelò. Il sollievo che aveva provato si mutò in paura. Per quale motivo Rodeperto si era incontrato con Gemma? Si girò e prese a correre.

La porta dell'appartamento dell'archiatra era socchiusa, Folco la spinse, le stanze erano vuote. Continuò a salire, entrando in ogni sala, niente, vuoto e silenzio. Prima dell'ultima rampa incrociò Ermetrude. «Cerco Rodeperto, sai dov'è?»

«L'ho visto tempo fa andare sull'altana insieme a Giselda.» rispose la donna.

Ancora scalini e poi la porta che dava sul terrazzo bloccata dal di fuori. Folco chiamò, silenzio. Provò a forzarla, non si mosse. Girò lo sguardo intorno, vide una pesante panca, la sollevò e, presa la rincorsa, la spinse contro il legno del battente. La serratura cedette.

Un gemito, quasi impercettibile, raggiunse il suo udito prima ancora che i suoi occhi colpiti dal sole pieno potessero vedere.

Giselda a terra, con la fronte sporca di sangue, si portava la mano alla nuca lamentandosi piano. L'archiatra era riverso supino, tra le mani strette al petto un grande squarcio lacerava le vesti all'altezza del cuore. Gli occhi vitrei, sbarrati, il viso ancora contratto in quell'ultima smorfia d'orrore.

«Gemma», urlò Folco.

La trovò rannicchiata dietro al tavolo, la testa le pendeva molle da un lato, i seni erano zuppi di sangue. Il collo reciso. Nella mano destra ancora stretta, una sagitella.

Trista provincia ribelle

di Paolo D'Amato

1.

1860

Primo settembre.

«Signor... Signor Intendente, è richiesta la vostra presenza...»

«Tenente, chiamatemi tenente per favore!»

Ormai regna la confusione. Da semplice ufficiale aggregato all'Intendenza di Salerno, con incarico di Guardia Urbana, sono diventato l'unico responsabile della pubblica sicurezza in città. L'Intendente e il suo vice sono fuggiti a Napoli insieme al Comandante delle Armi. I vertici della Gendarmeria sono spariti, le forze militari si sono dimezzate. L'amministrazione civile è praticamente inesistente in tutto il Principato Citra.

«È richiesta la vostra presenza a San Pietro a Corte, signor tenente. Un corpo, un omicidio, una donna...»

Percorro velocemente la discesa che dal mio alloggio porta nel cuore della città e penso a come mi ha chiamato poc'anzi l'impacciato caporale. Intendente... Fino a qualche mese fa per avere quel titolo sarebbe stata necessaria una nomina diretta del Re! Una cosa pericolosa, di questi tempi...

Ho accettato l'offerta dei notabili cittadini di restare al mio posto e proseguire nell'attività di pubblica sicurezza, offerta che, inutile negarlo, mi ha lusingato in quanto chiaramente dettata dal riconoscimento ufficiale di correttezza e lealtà del mio operato. Ma ho precisato subito che il mio ruolo sarebbe stato solo provvisorio, in attesa che il nuovo Stato avesse stabilito regole e leggi per il suo funzionamento.

Svolto a destra per il vicoletto che sbuca nell'antica Reggia dei Barbuti. La pioggia della notte ha rinfrescato l'aria, circostanza piacevole e inaspettata per una mattinata di inizio settembre. La mia spada urta i muri dei vicoli bui e umidi e produce un rumore sinistro. La divisa che indosso contribuisce a rendere cupa la mia figura agli occhi dei passanti curiosi. Non è bastato far togliere lo stemma del Borbone da berretto, spalline ed elsa. È ancora troppo vivo il terrore della gente alla vista degli sbirri reali…

San Pietro a Corte, il cuore pulsante di una città in festa per le notizie che arrivano dalla Sicilia.

Le guardie tengono a bada una piccola folla di curiosi. Seguo il loro sguardo, rivolto verso la cima della gradinata che conduce alla Chiesa, ma da giù non si vede nulla.

Salgo velocemente gli scalini sino alla piccola corte antistante l'antica cappella.

Nascosto alla vista dalla strada, come ho appena avuto modo di appurare, noto il corpo di una donna accanto a una pozza di sangue.

Chinati sul cadavere, riconosco il mio braccio destro, sergente Girolamo Guaccio, e il dottor Michele Guglielmi.

Mi avvicino. Una cuffia di un rosso sbiadito raccoglie i lunghi capelli biondi della vittima. Indossa un ampio vestito bianco e un grembiule dello stesso colore le cinge i fianchi.

Mi appare subito ovvio che la poveretta era di bassa estrazione sociale. È altrettanto fuor di dubbio che non mi trovo di fronte a uno stupro né a una rapina.

È una donna di circa trent'anni, forse meno, lineamenti delicati, occhi azzurri, spalancati dal terrore.

Le osservo le mani rugose e ruvide, rosse e gonfie, segnate dal lavoro. Ripenso alla pelle delicata di Francesca, all'odore di fresco che mi offuscava i sensi ogni volta che, vincendo la timidezza, con fare goffo le stringevo la mano per baciarla. Francesca, meglio allontanare subito questo ricordo.

«Buongiorno, dottore.»

«Buongiorno a voi, tenente Ragone. Avete visto che roba? Da tempo non ero costretto a esaminare qualcuno scannato in questo modo barbaro.»

Il corpo è straziato. L'assassino si è accanito in modo crudele: doveva provare un odio profondo. Oppure si tratta dell'opera di un pazzo.

«La causa della morte è evidente, le è stata tagliata la gola. Nonostante le numerose gocce di sangue schizzate tutto intorno, sono quasi sicuro che questo scempio sia opera di una sola persona. Tutte le altre ferite non sembrano letali, alcune sono solo graffi, non so dirvi però se inferte prima o dopo la morte.»

«Non mi sembrano ferite da spada o coltello.»

«Lo avete notato anche voi? In effetti si tratta di un'arma davvero insolita. Eccola qui, è stata abbandonata in fondo alle scale, l'ha trovata il vostro sergente. Non ho alcun dubbio che sia questa l'arma del delitto.»

Il medico mi mostra uno strano oggetto, simile a una spatola ma molto più affilato, sporco di sangue dal manico alla lama.

«Scommetto che sapete anche dirmi di cosa si tratta, dottore.»

«Fac plagam largam mediocriter, ut cito fumus, exeat uberius, liberiusque cruor…»

«Ho sentito che nel nuovo Stato si parlerà solo in Italiano, dottor Guglielmi...»

«Piaga farai mediocremente larga, acciò libero il sangue, e il fumo n'esca... È una delle tante massime della Scuola Medica Salernitana, tenente. Riguarda le istruzioni per il salasso.»

«Volete dirmi che questo…»

«Precisamente. È un antico strumento, usato, oserei dire inventato, dai miei illustri colleghi di qualche secolo fa per praticare le incisioni. A quei tempi si ricorreva spesso al salasso, persino per curare la tristezza!»

«Come si chiama?» chiedo e mi rigiro l'oggetto tra le mani.

«Oggi adoperiamo scarificatori e lancette, strumenti simili ma più evoluti. Questo però è un oggetto antico. Se non ricordo male lo chiamavano sagitella, o qualcosa del genere.»

«E della vittima si sa niente? Sergente!»

Girolamo Guaccio sbatte subito i tacchi.

«Comandi! Gemma Barbato, signor tenente. Trent'anni, governante al servizio del barone de Vincenzo.»

«Una famiglia molto rispettabile, tenente» s'intromette il dottor Guglielmi, rialzandosi e pulendosi le mani sporche di sangue.

«Nessuno ha sentito urlare la vittima?»

«Abbiamo interrogato alcune persone che abitano nei dintorni, signore. E i bottegai della zona, tre mpagliaseggie e un sellaro. Nessuno ha sentito nulla. Il corpo è stato trovato stamattina dal sagrestano di San Pietro.»

«Ecco la risposta al vostro dubbio, dottore. Niente urla.

Le ferite superficiali sono state inferte dopo la morte. Dovremo sentire il barone e i suoi familiari. E la servitù. A che ora pensate sia avvenuto l'omicidio?»

«Alle prime luci dell'alba, credo. Naturalmente dovrò esaminare il cadavere con più calma, nel mio studio. Volete disporre per il trasporto?»

Mentre impartisco le istruzioni al sergente, non posso fare a meno di notare lo sguardo pensieroso e preoccupato del medico.

Conosco Michele Guglielmi da diversi anni, da quando cioè Salerno venne colpita da un'epidemia di colera e la Guardia Urbana fu incaricata di trasportare le persone infette, anche con la forza se necessario, alla Casina dell'Orto Agrario, adibita per l'occasione a ospedale dei colerosi. Mi aveva subito colpito quest'uomo in apparenza burbero, dallo sguardo ironico e la battuta pronta, pur nell'atmosfera tragica in cui operava. Chirurgo instancabile e competente, rappresentava una figura rassicurante in quel panorama di sofferenza e morte. Fu simpatia reciproca. Le autorità, pur consapevoli che il chirurgo era tra coloro "che tramano contro Sua Maestà", come si diceva allora, decisero di chiudere un occhio in ragione di quanto fossero utili la sua competenza e la sua disponibilità in quel triste frangente. Così gli furono evitate le angherie e i fastidi riservati invece ai suoi compagni.

2.

Secondo giorno, due settembre.

Rileggo il messaggio consegnatomi pochi minuti fa da una guardia. È un invito del dottor Guglielmi a recarmi domani sera nella Chiesa di San Pietro in Vinculis, a Portanova.

Mi preparo e ripenso al volto scuro del medico al termine del nostro colloquio.

Ho detto al sergente di avvertire il barone de Vincenzo che nel pomeriggio sarei passato a fargli visita e che avrei avuto piacere di conferire con i suoi familiari e interrogare tutto il personale. Conosco il barone solo di vista ma il suo nome mi è noto. Negli anni scorsi era tra i "segnalati" come ribelle. Sicuramente appartiene alla medesima loggia del dottor Guglielmi e di molti degli attuali personaggi influenti di Salerno, gli stessi che mi hanno offerto il comando temporaneo della polizia cittadina e che ormai amministrano di fatto la città. Attendono solo l'imminente arrivo del generale Garibaldi per ottenere dal nascente Stato la tanto agognata investitura ufficiale.

Ma il barone era conosciuto anche perché circolavano voci non proprio lusinghiere sul suo conto, almeno fino a qualche anno fa. Si era parlato di usura, di ricatti ai danni dei mezzadri che lavorano nelle sue terre in Lucania, persino di uno stupro. Non c'era nulla di accertato, e nessuna denuncia ufficiale, naturalmente.

Nell'ampio e sontuoso salone di casa de Vincenzo vengo ricevuto dalla sorella del barone, donna Anna, una persona ostile e altera. Dice che il fratello non è in casa, trattenuto per affari, e mi liquida affermando di non conoscere bene la povera Gemma. Mi consiglia infine di parlare con il maggiordomo Alfonso, in piedi accanto a lei, e con Benedetta, l'altra serva. In casa non c'è nessun altro, tranne il nipote Pietro, figlio di suo fratello, da tempo ammalato.

«Trascorre la maggior parte del tempo chiuso nella sua stanza, a letto, oppresso da spasmi e tristezza. I medici non hanno ancora capito di cosa soffra. Confido che non vogliate turbarlo con futili domande!» dice con un tono che non ammette repliche.

Mentre scendo per una scalinata interna al cortile del palazzo seguendo il maggiordomo, noto che questi, lontano dalla sua padrona, abbandona il suo atteggiamento distaccato.

È quasi commosso mentre sussurra:

«Povera Gemma! Povera figlia…»

Si scosta per farmi entrare nell'ampia cucina che affaccia direttamente nel cortile interno e mi ferma sull'uscio:

«L'altra governante, Benedetta, è la sorella della povera Gemma. I padroni non lo sanno. Loro sono così…»

«Così? Parlate liberamente, Alfonso. Ciò che direte resterà tra voi e me, ve l'assicuro.»

«Strani. Ecco il termine esatto. Sono strani. Non si capisce mai cosa passi loro per la testa. Oltre a trattare con disprezzo il mondo intero, sembrano dei perfetti estranei persino l'uno con l'altro.»

Entro nella sala e scorgo una ragazza con indosso una divisa molto simile a quella di Gemma, seduta a un grande tavolo di legno su cui sono posate alcune ceste di frutta.

Si nota subito che si tratta della sorella della vittima, la somiglianza è notevole. Più giovane di qualche anno, Benedetta Barbato singhiozza con discrezione mentre con mani tremanti cerca di tagliare una verdura.

«Benedetta, questo è l'ufficiale che si occupa di... della tragedia...»

La ragazza alza gli occhi di una delicata bellezza, per nulla offuscata dalle ore di pianto. Rivedo in quello sguardo deciso l'azzurro intenso degli occhi di Francesca, che contrastava con un carattere solo in apparenza timido e insicuro, ma in realtà risoluto e intransigente; troppo, per mia sfortuna.

«Le mie condoglianze, signorina. Sono il tenente Ragone. Vorrei sapere quando avete visto vostra sorella l'ultima volta.»

«'A sera primma, signò. La sera prima. Ci siamo dette le orazioni, come sempre prima di andare a letto.»

«Dove alloggiate?»

«Ce stanno nu' paio di stanze che affacciano 'ngopp ò cortile, proprio re' fronte a cchesta. In una ce sta Alfonso e ind' a chell'ata io cu' sorema. Ce rurmevem', ci dormivamo...»

Ancora singhiozzi.

«E voi Alfonso? Quando avete visto Gemma per l'ultima volta?»

«All'imbrunire, signore. Siamo saliti a sparecchiare i resti della cena. Abbiamo chiesto ai padroni se avessero ancora bisogno di noi. Ottenuto il permesso di ritirarci, siamo scesi e ci siamo augurati la buona notte, come ogni sera.»

«Cosa pensate che facesse Gemma di primo mattino a San Pietro a Corte?»

«Forse era andata a pregà 'a Maronna per il figlio, 'na specie 'e voto...»

«Suo figlio? Quale figlio?»

I due si guardano con il timore di aver parlato troppo.

«Se volete che scopra chi l'ha ammazzata dovete dirmi

tutto. Dove si trova questo figlio?»

«All'orfanotrofio, signor tenente. U' piccirillo, Matteo, tene sulo otto anni. Nascette dal matrimonio di Gemma con... Parlate vuie Alfò, ve prego!»

Il maggiordomo si schiarisce la voce mentre cerca di prendere coraggio.

«Gemma è la moglie di Pasqualone Cifelli, il brigante ricercato dalla polizia. Quando si sposarono lui era un bravo ragazzo, un ferracavallo onesto e rispettato da tutti. Dal matrimonio nacque il piccolo Matteo. Poi cominciarono le rivolte in tutto il Regno e Pasqualone si lasciò travolgere dalla passione politica. Fuggì da Salerno e divenne latitante. Sapete meglio di me cosa accadde ad Acerno l'anno scorso, la sua banda fu sgominata in uno scontro a fuoco con la polizia, ma lui riuscì a salvarsi e a fuggire. E da allora non se ne sa più nulla. Le voci sono tante, c'è chi dice che sia andato in America, chi l'abbia visto aggirarsi per le montagne dalle parti di Cava de' Tirreni, chi giura che sia morto. Sta di fatto che Gemma e Benedetta, dopo la morte del padre, il fornaio di San Pietro a Corte, non l'hanno più visto né sentito. Questo posso garantirvelo. Vedete, signor tenente, io ero amico del padre delle due ragazze... Insomma le ho fatte entrare a servizio dai de Vincenzo, ho garantito per loro. Abbiamo tenuto tutto nascosto, ovviamente. Se questa storia venisse fuori...»

«Siete sicuri che non si incontrasse con il marito?»

«E certamente, signo'! Gemma me riceva tutto. Mi diceva tutto. 'Na cosa del genere non me l'avrebbe nascosta. E poi essa disprezzava chill'omm aropp' chell c'aveva fatto. Omicidi e rapine! 'A poverina se vergognava, e soffriva...»

«Parlatemi di lei. Si vedeva con un altro uomo?»

«Ma proprio signornò! P'ammor r'à Maronna, che dicite… E poi comm' avess' fatto? E quanno? Gemma stava sempre in casa. Era n'angelo, signo'. Un angelo! Che altro posso dire? Sempre pronta ad aiutare il prossimo, disponibile, gentile. E sorridente. Anche se nuie sapev'm 'e problemi. Persino 'u signorino…»

«Sì, tenente, il figlio del barone, Pietro», interviene di nuovo il maggiordomo, «è un tipo strano, non si sa che malattia abbia. Io stesso, che servo in questa casa da tanto tempo, in tutto ci avrò scambiato poche parole. Sempre ombroso, a trent'anni se ne sta tutto il giorno chiuso in camera sua. Gemma riusciva a farlo parlare, qualche frase, niente di più, ma ogni volta che quel ragazzo proferisce parola sembra sia avvenuto in miracolo! Ecco, Gemma era capace persino di fare un miracolo come questo…»

Mentre cerco di mettere in ordine nella mia mente le informazioni appena ricevute, è di nuovo il maggiordomo a parlare:

«Anche se… Negli ultimi tempi… Cosa dici, Benedetta, la vedevi anche tu un po' strana, distratta?»

«Sissignore. Sicuramente teneva qualche problema di salute. Spesso aveva delle… dei problemi, appunto. E poi era dimagrita, ogni giorno più pallida. E sono sicura che qualcosa la tormentava. Ma tutte 'e vote ca cercavo r'a fa' parla', essa sorrideva e rispunneva che era tutto a posto. Cacciava subbito u' solito sorriso rassicurante. Povera Gemma, sora mia, sora mia!»

«Ed è anche svenuta un paio di volte, tenente. Volevo parlarne con il barone per chiedergli di farle un biglietto di presentazione per il dottor Guglielmi. Ma ogni volta che affrontavo l'argomento lei cambiava subito discorso! Certe volte era davvero esasperante con quel sorriso angelico, vero Benedetta?»

«E' vvote nun se reggeva manco allerta. Non si reggeva nemmeno in piedi… Eppure andava avanti. E se teneva tutto dentro… Tutto! Povera sora mia… Scuprite chi è stato, signò, ve prego!»

3.

Terzo giorno, tre settembre.

«Sovere. Sovere pelose!»

I contadini che affollano Portanova cercano di richiamare la mia attenzione per vendermi i corbezzoli, che abbondano nelle valli a ovest della città. Le loro voci si accavallano con quelle delle cupertare, sedute in gruppo a spettegolare, e con le grida di un conciapiatti che sta litigando con un pezzaro, reo di aver fermato davanti alla bottega la propria carretta, traboccante di vasi e pignatte, trainata da un asino scodinzolante. Il conciapiatti - mi pare si chiami Totore, Salvatore - è una vecchia conoscenza. Due o tre volte a settimana passa la notte in cella perché si ubriaca e poi picchia la moglie e le figlie. Ora brandisce un coltello e inveisce contro il pezzaro - forse un forestiero - il quale, imperterrito, lo provoca suonando un fischietto e gridando a squarciagola:

«O' pezzaro p' 'a rrobba vecchia ra venne!»

Due guardie cercano di separare i contendenti, la scena richiama l'attenzione di passanti, semplici curiosi o amici di Totore, alcuni dei quali si divertono a istigare il loro compagno invitandolo a "non tenersi" l'offesa, mentre altri ancora parteggiano per il pezzaro, il cui asino, nel frattempo, ha deposto i propri escrementi proprio davanti alla bottega, suscitando l'ilarità degli spettatori.

Lasciata alle spalle quella sorta di commedia popolare, una delle centinaia che ogni giorno vanno in scena nei quartieri della città, mi dirigo verso la chiesa. In un balzo supero i pochi gradini che precedono il grande portone di legno ed entro nell'edificio dopo essermi segnato.

L'interno della piccola cappella di San Pietro in Vinculis è avvolto nella penombra. Mi rendo conto di non essere solo, distinguo chiaramente delle sagome, dieci o quindici persone. La prima candela che si accende illumina il volto del dottor Guglielmi, la fronte ampia, i baffi folti e curati, i capelli radi e uno sguardo che non promette nulla di buono. Come a voler creare un effetto scenico, si accendono le altre candele, illuminando volti a me ben noti.

L'atmosfera in quella scenetta da cospiratori è carica di tensione…

«Signori…» cerco di rompere il silenzio.

Nessuno risponde al mio saluto, a rafforzare l'idea di un processo, o qualcosa di simile.

Giovanni Nicotera, Francesco La Francesca, Diego Tajani, Matteo Luciani, oltre allo stesso dottor Guglielmi. E poi ancora D'Avossa e Mazziotti, Conforti e Bellelli. E se non mi sbaglio quello vicino all'altare è Giovanni Matina: mi era giunta voce che avesse terminato la sua clandestinità a Genova e fosse rientrato a Salerno. Li conosco tutti. E sono sicuro che tutti loro si rammentano di me. Molti hanno partecipato ai moti del '48, alcuni hanno conosciuto la galera. Nella provincia di Salerno era concentrato circa un quarto dei sospettati politici del continente. "Trista provincia ribelle", la definivano i Borbone. Questi uomini hanno causato molte notti insonni alla corte di Napoli...

Fino a poco tempo fa avrei ricevuto una promozione sul campo per averli sorpresi tutti insieme "a cospirare". Oggi hanno la città nelle loro mani.

«Il motivo per cui è stato convocato proprio qui, signore» dice con il solito tono arrogante Giovanni Nicotera «sta in questa lapide!»

Indica la lastra di marmo alle sue spalle, di cui leggo solo la parte bassa: "*... il 24 luglio 1828 per iniqua sentenza di giudici venali morirono moschettati in Salerno suggellando col sangue la indomita carità della Patria e la fede invitta nei gloriosi destini d'Italia*".

Avevo già visto quella lapide, affissa alcuni anni prima. La scritta è preceduta dai nomi di alcuni personaggi fucilati a causa della rivolta di quell'anno.

«La nostra storia, caro tenente» si intromette Matteo Luciani con il suo tono più pacato «inizia nel 1820, quando in questa terra esplose la prima vera rivoluzione, soffocata nel sangue. Da allora i tradimenti, le stragi, le fughe ignominiose, prima di Ferdinando e poi del suo scellerato figlio...»

«Vili e corrotti!» s'intromette Nicotera.

«Da quel momento, stavo dicendo, la nostra città ha iniziato ad avere un ruolo di primo piano nella storia d'Italia. Il momento...»

«Signori, per favore, andiamo con ordine. Stiamo solo confondendo le idee al nostro tenente!»

A parlare è stato il dottor Guglielmi, che riprende le fila del discorso.

«Innanzi tutto accomodiamoci. Parliamo con calma... Quello che i miei illustri fratelli stanno cercando di dirvi, caro tenente Ragone, è che la nostra Salerno ha pagato con un forte tributo di sangue la libertà di tutta la nazione. Questa lapide è dedicata al canonico Antonio Maria De Luca, a suo nipote Giovanni e ad altri eroi, i Filadelfi, che arrivarono a sfidare i tiranni innalzando la bandiera della Costituzione proprio in questa piazza, poco più di trent'anni fa. Accesero la fiamma della rivolta, tenente!»

«Signori, tutto ciò è molto interessante ma...»

«Quello che stiamo cercando di dirvi, tenente, è che

l'Italia deve la propria libertà anche e soprattutto a migliaia di salernitani che hanno pagato con la vita la propria fede» interviene con tono autorevole Giovanni Matina, l'unico rimasto in piedi e ancora quasi completamente avvolto dal buio.

Cerco a questo punto di spingere i miei interlocutori verso il cuore del problema:

«Io non m'intendo di politica, signori. Mi occupo solo di mantenere l'ordine pubblico in forza di un mandato da voi stessi offertomi, e non capisco...»

«Insomma, signori, la stiamo facendo troppo lunga!», di nuovo Nicotera, «Il fatto sta in questi termini, tenente. Noi vi abbiamo concesso la nostra fiducia affidandovi il comando della polizia urbana. Ma non abbiamo dimenticato che fino a poco tempo fa servivate il vile tiranno! È stato commesso un delitto in un momento cruciale della storia di questa città. Or dunque, la notizia non è ancora ufficiale, anche se la voce già circola per le nostre strade: il generale Garibaldi ha raggiunto oggi Sapri e nei prossimi giorni arriverà a Salerno! Il nostro fratello Guglielmi ha ricevuto una sua lettera di conferma, nella quale gli viene anche affidato l'incarico di procurare quattromila e cinquecento gavette per i soldati al suo seguito. Sarà un trionfo di cui si parlerà in tutto il mondo, ve ne rendete conto? Solo due anni fa noi tutti languivamo in una fetida cella senza sapere se avremmo rivisto l'indomani e oggi ci apprestiamo a ricevere il più grande eroe di tutti i tempi, che sfilerà per via Garibaldi insieme al suo esercito di eroici garibaldini!»

«Via Garibaldi?»

«L'attuale via Marina. Abbiamo già deliberato che la strada percorsa dal generale sarà dedicata a lui!»

«Questo delitto capita nel momento meno opportuno...»

«La casa di un nostro fratello rischia di essere coinvolta da uno scandalo...»

«Tutti si aspettano che le città della nuova Italia...»

«Non possiamo permettere...»

Le voci si susseguono e non riesco più a capirne la provenienza.

«Insomma volete dirmi cosa volete da me?» lancio quasi un urlo che serve in qualche modo a placare quella confusione.

***

Sono scosso e nervoso quando esco dalla chiesa in compagnia di Michele Guglielmi.

Nel notarmi, un artista intento a decorare una delle famose carrozzelle di Portanova lancia un lungo fischio. All'istante si dileguano i carrettieri che un attimo prima giocavano a carte alle spalle dei loro mezzi, nella parte alta della piazza. I trasporti privati in città sono gestiti dalla malavita locale.

«È inaudito, dottore! Cosa vorrebbero che facessi? Che lasciassi impunito un delitto? O magari che arrestassi un innocente, il primo che mi capiti a tiro?»

«Calmatevi, tenente. Riconosco che i miei fratelli sono stati un po' irruenti e confusionari... Ma se ci pensate bene, il problema potrebbe risolversi da solo...»

«Parlate chiaro, dottore. Io ho la massima stima di voi ma...»

«La ragazza, la vittima intendo, era o non era la moglie di quel brigante al soldo dei Borbone?»

«Pasqualone Cifelli. Come lo avete saputo?»

«Lasciate perdere come l'ho saputo...»

«Il barone! È stato il barone de Vincenzo a dirvelo? Quindi sapeva...»

«Lasciate perdere, vi ripeto. Seguite il mio ragionamento. È o non è logico supporre che il delitto sia stato commesso dal marito? Quell'uomo è una bestia, a quanto dicono. Ha sulla coscienza decine di morti.»

«E allora?»

«La vittima, Gemma, era incinta. O meglio, lo era stata. Non so dirvi con esattezza il mese di gravidanza ma di sicuro la ragazza si era procurata un aborto.»

«Un aborto? Che vuol dire che se lo era procurato?»

«L'esame del cadavere non è completo, badate bene. Ma ho trovato nell'utero tracce evidenti di oleandro, prezzemolo e tabacco. E anche di peggio...»

«Prezzemolo e tabacco? Mi state prendendo in giro?»

«Molte donne del popolo risolvono il problema di una gravidanza indesiderata inserendo nell'utero mazzi di prezzemolo e foglie di tabacco, oppure stimolandolo con infusi di oleandro. Spesso questi metodi selvaggi hanno effetto e provocano davvero l'aborto, anche se a volte le malcapitate hanno un'emorragia e se ne vanno all'altro mondo. Ma la povera Gemma ha fatto di peggio...»

«Cioè?»

«Vista l'inutilità del metodo tradizionale... magari presa dalla paura che non facesse effetto...»

«Ebbene parlate!»

«Si è introdotta nell'utero un chiodo o qualcosa del genere, comunque un oggetto appuntito!»

«Dunque sarebbe questa la causa della morte?»

«No, ne sono sicuro. Le ferite interne erano quasi rimarginate. Anche se certamente la ragazza ha passato dei brutti momenti...»

Rifletto su questa notizia inaspettata e cruenta. Cerco di mantenermi il più distaccato possibile. Mi tornano alla mente i sintomi di malessere descritti dalla sorella di Gemma.

«E così Pasqualone Cifelli l'avrebbe messa incinta per poi ucciderla? Vi sembra possibile?»

«Tenente, tenente, voi non volete capire...»

«No, dottore, per quanti sforzi faccia, non ci riesco proprio. Soprattutto non riesco a comprendere i vostri amici.»

«Sono ammalati di politica, sbavano dietro ai loro stessi sogni. Chi vuol diventare sindaco di Salerno, chi aspira alla carica di senatore, chi vuol fare carriera in magistratura... E tutti questi sogni s'incrociano con il generale Garibaldi e l'organizzazione del nuovo Stato. Dipende tutto dalla sua visita a Salerno, dalla impressione che ne ricaverà.»

«E voi, dottore? Quali sogni inseguite?»

«Il mio sogno si è già realizzato. La libertà. E l'ho ottenuta, pagandola a caro prezzo con ferite e angherie. E con la prigione... Ma ne è valsa la pena. Ora la mia aspirazione è solo quella di stringere la mano al generale. Poi potrò anche morire!»

«Addirittura! Comunque state tranquillo per quanto riguarda il Cifelli. Stiamo interrogando gli informatori. Se è davvero nei paraggi non ci sfuggirà. Ma in tutta onestà non credo che sia lui il colpevole.»

«Sapete che al largo è ancorata la nave di Alexandre Dumas, il famoso romanziere francese? È un convinto sostenitore di Garibaldi, oltre che suo grande amico. Naviga nel golfo già dal venti di agosto, inviato dal generale per sondare il terreno. Questo a riprova del ruolo strategico di Salerno... Ci sarà una festa domani sera, sulla "Emma", così si chiama la nave. Berremo champagne a volontà! Perché non venite anche voi? Potreste fare conoscenze utili alla vostra carriera. E magari ammorbidirvi un po' verso i miei fratelli…»

«Grazie dottore, ma le feste di gala non fanno per me.»

4.

Quarto giorno, quattro settembre.

Percorro via Marina immerso nei miei pensieri. Via Marina oggi, via Garibaldi domani… Chissà come sarà questo domani. Fino a pochi mesi fa ero sicuro che senza i Borbone non ci sarebbe stato futuro per questo Paese. Oggi vedo realizzarsi tante cose che giudicavo impossibili e non posso fare a meno di notare anche molte contraddizioni. Non riesco a scacciare dalla mente il timore che tutti i morti di quest'epoca, alla fine, saranno serviti solo ad assicurare un passaggio di poteri.

Cammino a ridosso del muretto che divide la strada dal mare. È una splendida giornata, anche se il fresco dei giorni scorsi è scomparso. Mi guardo intorno e penso che non potrei mai vivere lontano da questa città, è troppo bella. Osservo un gruppo di ragazzini che giocano a surdate e briganti. I secondi sono stesi a terra, come morti, mentre i primi mimano una marcia militare e cantano a squarciagola sul motivo dell'inno di Garibaldi:

«Marcia Riale
e sciurilli e cucuzzielli
è muorto Franceschiello
e purtammelo atterrà.
'U campusanto è cchino
e purtammelo 'a latrina,
'a latrina è troppo chiena
e purtammelo a Mast'Andrea.
Mast'Andrea venne 'e fasule
e le rà nu cavece nculo!»

All'ultima strofa anche i "briganti" si alzano in piedi e tutti insieme scappano via sghignazzando.

Dopo quel simpatico intervallo, ecco che torna la quotidiana tranquillità nella strada.

Il barone Luchino de Vincenzo, suo figlio Pietro, la sorella donna Anna. Il maggiordomo Alfonso, Benedetta Barbato, il piccolo Matteo. Il brigante Pasqualone Cifelli. E la povera Gemma… Questi nomi si sono affollati nella mia mente nei giorni successivi alla scoperta del cadavere, senza che io sia riuscito a formulare una sola ipotesi verosimile in merito al delitto.

Cammino verso la spiaggia alla fine della strada e non riesco a togliermi dalla testa un pensiero: un brigante ricercato dalla polizia verrebbe a cacciarsi in trappola per vendicare l'onore macchiato dalla propria moglie? In questo caso sarebbe da supporre che il figlio che Gemma portava in grembo fosse di un altro uomo. E il latitante Cifelli come sarebbe venuto a scoprirlo? Ma è ugualmente inverosimile che il figlio fosse suo e che i due si vedessero di nascosto in città! E più di ogni altra cosa: dove avrebbe potuto procurarsi un'antica sagitella un uomo come Pasqualone? Perché non usare un pugnale o il suo famigerato moschetto? No, così non va. Sono ancora troppo lontano dalla verità!

Non posso nemmeno contare sull'aiuto del mio sergente, Girolamo Guaccio, ufficialmente scomparso insieme a tre dei miei gendarmi. Per fortuna la circostanza non desterà sospetti, le diserzioni sono all'ordine del giorno, tra chi decide di raggiungere il re in un rigurgito di fedeltà ai Borbone, chi si dà alla macchia per aggregarsi a qualche banda di briganti e chi, invece, stanco di tutta questa confusione, butta via la divisa e tenta di raggiungere la famiglia per dedicarsi a una vita da civile. A dire il vero, anch'io ogni tanto avverto la spiacevole sensazione di aver sprecato i primi trentaquattro anni della mia vita. Orfano di madre, morta di parto, sono cresciuto con mio padre, maresciallo delle guardie reali, e con una governante. Figlio unico, la mia vita è stata caratterizzata da un senso di solitudine angosciante che ha improntato il mio carattere. Passato mio padre a miglior vita, e l'anno dopo anche la governante, che era per me una seconda madre, ho tentato di essere degno della divisa indossata dal genitore. Sebbene i rapporti tra noi si siano uniformati a quelli normali tra padre e figlio solo quando lui, negli ultimi anni di vita, era immobilizzato a letto per una brutta malattia.

Essere degno della divisa di mio padre... Non sono nemmeno sicuro che fosse questo il mio obiettivo. Non lo so davvero. Di certo non mi sento legato a una dinastia che, più volte, nei momenti critici, ha pensato solo a mettersi in salvo. Ma nemmeno a una banda di rivoluzionari fedeli a un altro re che non giudico migliore, né peggiore, del Borbone. Dove mai potrei andare? A Napoli? In Sicilia? O in Piemonte? O magari in Francia? E da chi, perché... In vita mia non ho mai varcato i confini della provincia di Salerno. E, a parte i miei soldati, non ho alcun legame. Ero fidanzato con la figlia del Comandante alle Armi della Provincia, il generale Scotti Douglas. Francesca... Fuggita a Napoli con tutta la famiglia senza lasciarmi nemmeno un biglietto, dopo aver capito che non avrei abbandonato il mio posto qui a Salerno.

***

Mentre ritorno verso via dei Mercanti, penso che sia arrivata l'ora giusta per aspettare Benedetta Barbato di ritorno dalla spesa. Per evitarle problemi coi padroni ho preferito non convocarla in caserma. Il soldato che le ho messo alle calcagna mi ha ben informato sui suoi orari.

Sulla salita di via delle Botteghelle vengo attirato da una voce conosciuta.

«Maruzzelle, maruzzelle, ve facc' 'i a' cantenella!»

'A Pacchiana mi saluta con la mano e mi offre una scafarea. Non resisto alla tentazione, le lumache come le prepara lei sono la mia passione. Scaldate, condite con un filo d'olio e insaporite con un peperone rosso e un poco di prezzemolo. Faccio il gesto di pagarla, lei alza di nuovo la mano e con uno sguardo deciso mi fa capire che si offenderebbe.

È una brava donna, sbarca il lunario come può. Una volta si è lasciata andare a qualche confidenza, così ho saputo che è vedova da tanti anni e che i suoi due figli sono entrambi in guerra:

«Uno c'ù rre Borbone e chill'ato cù Garibbardo, signò, capite? Caino e Abele! Frate e frate, 'a ruvina r'a casa mia! Na' maledizione…»

Di buonumore grazie 'a Pacchiana, riprendo il mio cammino confidando nell'incontro "fortuito" con la Barbato. E infatti eccola. Cammina lentamente, con in mano un cesto di vimini coperto da un panno. È assorta nei suoi pensieri ma, appena mi scorge, dopo un istintivo sorriso di piacevole sorpresa, subito si rabbuia.

«Ho preferito un incontro casuale, signorina, piuttosto che nel mio ufficio.»

«Buongiorno, signor tenente. È successo qualcosa? Avite scuperto…»

«No, signorina. Ho bisogno di saperne di più su vostra sorella. E sono sicuro che voi avete ancora qualcosa da dirmi.»

«Non capisco. V'aggia ritt' tutto chello…»

Veniamo interrotti da un'altra banda di ragazzini. Hanno preso di mira un monaco, lo seguono a debita distanza prendendosi gioco della sua chierica:

«Zì monaco e zì prevete,
la chiereca come sta?
Nu' poco e' scurzetella
nun s'arriva cchiù a sanà!»

La trascino in un portone e la spingo contro il muro.

«Ora ditemi tutto, Benedetta. Voglio sapere del figlio…»

«Chi, Matteo?»

«Del figlio che portava in grembo vostra sorella! Non fingete di non capire…»

Smarrita, distoglie lo sguardo dal mio, osservando un punto indefinito nel buio di quel portone.

«Non mi ha mai detto nulla. Ma io avevo capito lo stesso… Teneva perdite enormi 'e sang'. E rifiutava di farsi visitare. Sveneva continuamente, era diventata magra comm'a n'alice, pallida pallida…»

Le si inumidiscono gli occhi ma, con sforzo evidente, riesce a soffocare i singhiozzi.

«Io 'a regneva 'e domande ma essa nun me riceva niente! Si vergognava… O forse… Forse vuleva solo proteggermi…»

«Proteggervi da cosa, Benedetta?»

«Io… Nun o' saccio… Non lo so. Tutto chello ca ve pozz' ricere è che sorema nun se teneva a nisciuno. Non teneva amanti. Signò ve l'aggia ritt, steva semp' a' casa! In casa!»

«Stava sempre in casa!» le ripeto stringendole le braccia e scuotendola.

Lei mi osserva. Poi abbassa di nuovo lo sguardo.

«Na' notte... Ha avuto un incubo... *"No, padrone, no, vi supplico, p'a' ammore 'e Dio!".*»

Allento la presa e subito fa per accasciarsi. Piange.

«Ascoltate Benedetta, siete disposta a fare una denuncia?»

«Che cosa? Ma che dicite!» stavolta il tono della ragazza è forte.

«Dobbiamo fare un verbale di ciò che mi avete raccontato. Così potrò interrogare...»

«E dopo? Ve rendit' conto che io so' sola ò munno? Aropp' che 'e padruni m'avranno licenziato, e loro usciranno lindi e pinti ra' sta' storia, vuie 'o sapite meglio 'e me, io a ro' vaco? Dove vado? Nun tengo a niuscuno, genitori, famiglia... Sono sola, sola, capite?»

Quel ragionamento, egoista e cinico ma nello stesso tempo così lucido, mi lascia senza parole. Rimango muto a osservarla.

Mi spinge via e si allontana. Sulla soglia si volta di nuovo:

«Diranno che Gemma era 'na malafemmena, 'na poco di buono, qualsiasi cosa... Loro so' signuri, tenene 'e renare, hanno amici potenti! Mi dispiace, ma Gemma è morta, pace all'anima sua, e io... Io so' sola!»

Dopo qualche minuto anch'io esco dal portone. Mi sento sopraffatto, stanco come dopo una lotta all'ultimo sangue.

Vorrei sedermi a terra, appoggiarmi al muro. A passo lento mi avvio verso il mio ufficio.

5.

Dopo nemmeno un'ora, a seguito del rapporto di uno dei miei uomini che avevo messo alle calcagna del barone de Vincenzo, percorro via dei Caciocavalli stringendo forte il braccio di Peppe ò ruffiano, un brutto ceffo che fa il "protettore" di alcune prostitute in quella strada.

Appena svoltiamo per l'angusto vicoletto alla nostra destra, la fila di uomini in attesa davanti a una porta in ferro, dipinta di rosso, si scioglie velocemente.

Spingo il mio accompagnatore all'interno del basso.

«Vieni avanti amore, posa i soldini sulla credenza e mettiti comodo.»

La voce è quella di Filumena, una prostituta molto ricercata, forse per la sua giovane età. Nella penombra la intravedo seduta davanti a uno specchio mentre si aggiusta i capelli. È di spalle, evidentemente non ci ha visti.

«Filumè!» è il tono di rimprovero di Peppe.

Si volta spaventata. Poi, l'esperienza le fa notare subito l'assenza di altre guardie e le torna il sorriso.

«Signor tenente, quale piacere! Ma non c'era bisogno di farvi accompagnare dal signor Giuseppe.»

Con tono malizioso, allargando leggermente le gambe, aggiunge:

«Per voi la porta è sempre aperta...»

Non ho alcun dubbio che un altro, al mio posto, avrebbe approfittato subito dell'occasione. Ma il gesto rozzo e villano della donna riesce solo a irritarmi. In questo momento vorrei godere della raffinata eleganza della mia Francesca, la donna che ha deciso di non restare al mio fianco. Ma forse sono stato io a illudermi che il nostro amore potesse prevalere su tutto.

Di fronte alla sfrontatezza della donna, anche Peppe prende coraggio:

«È vero, eccellenza, favorite, favorite pure...»

«State zitti. Sapete che non sono qui per... per quello che dite voi! Voglio un'informazione, diciamo, professionale...»

«Su chi vi debbo servire, signò?»

«Tre ore fa è uscito dal vostro basso il barone Luchino de Vincenzo. Voglio sapere... che tipo è...»

«Spiegatevi meglio tenente, che vulite sape' esattamente? Cumm fa all'ammore? 'A posizione? Quann' vote? Chiedete, disponete pure di me, sono a vostra completa disposizione...»

«Smettetela! E voi Peppe toglietevi quel sorrisetto dalla faccia se non volete passare la notte in cella insieme alla vostra amica! Voglio sapere se lui... Se è normale, se ha gusti strani, se è violento.»

«La verità, signò? Nun ò ssaccio. Il barone è venuto per prendere un appuntamento a casa sua. Ma non per lui, per il figlio. Rice ch'adda fa' sfugà, che il giovanotto tiene bisogno di sfogare... »

«A casa sua?»

«Sìgnorsì!» si prende gioco di me facendo il saluto militare e balzando in piedi.

Non so fino a che punto è stato casuale, ma il gesto le ha fatto scivolare il vestito e lei è rimasta completamente nuda. Non prova il minimo imbarazzo, al contrario di me. Peppe ò ruffiano cerca malamente di soffocare una risata. Il mio sguardo lo gela.

«U' barone vuleva solo sape' se io ero disponibile per un

incontro a palazzo, di sera tardi. Poi m'avrebbe fatto sape' 'o juorno e ll'ora. Il giorno e l'ora… Siete proprio sicuro che non volete farmi compagnia, signor tenente?»

Ha pronunciato l'ultima frase avvicinandosi a me, sempre priva del minimo pudore.

Mi scosto e metto un paio di monete sulla credenza.

«Per il vostro disturbo, signora. Fatemi sapere quando il barone vi chiamerà. Avete capito bene?»

La donna fa un cenno di assenso con la testa mentre il suo "uomo", sollevato dal fatto che sto finalmente per congedarmi, si perde in mille cerimonie.

«Sempre a vostra disposizione, eccellenza. Disponete pure di noi quando volete. Per qualunque cosa…»

6.

Nel pomeriggio mi ritrovo a salire con passo svelto le scalinate che portano verso la parte alta della città. Sono talmente agitato per la messinscena che ho organizzato che davanti all'ingresso della vecchia Scuola Medica inciampo sui gradini e, cadendo sulle ginocchia, suscito l'ilarità di due anziane donne, sedute davanti ai loro bassi a chiacchierare. Mille dubbi mi si affollano nella mente, mentre il respiro diventa sempre più affannoso e i muscoli delle gambe cominciano a farmi male a causa dell'andatura sostenuta che sto tenendo. Ma vado avanti lo stesso.

Il soldato che avevo messo di guardia all'orfanotrofio mi ha fatto pervenire un messaggio: il piccolo Matteo, il figlio di Gemma Barbato e del brigante Cifelli è scomparso. Se ne sono accorti all'appello dopo la messa, prima di rientrare nelle camerate. Sospettano che durante la funzione, approfittando della confusione, sia riuscito a nascondersi o addirittura a lasciare l'edificio.

Il direttore mi riceve nel suo ufficio, imbarazzato e seccato per quanto accaduto.

«Può essere stato rapito?»

«Rapito? Ma cosa dite, tenente! Nessuno può uscire dal complesso. Ci sono sbarre di ferro alle finestre e guardiani dappertutto.»

«Allora si sarà nascosto da qualche parte?»

«Lo stiamo cercando, quel piccolo mascalzone. Anche se l'edificio è così grande…»

«Il piccolo riceveva visite di solito?»

«Ogni tanto una lontana parente, una donna anziana, gli

portava un pacco con cibo e vestiti. Mi sembra che sia venuta anche ieri.»

«Vi pare o ne siete sicuro?»

«Tenente, qui abbiamo centinaia di ragazzi di tutte le età. Non registriamo i visitatori né li controlliamo, se è questo che volete sapere…»

«Quindi è possibile che qualcuno abbia portato via il ragazzo?»

«Lo escludo categoricamente! Anche se non abbiamo personale a sufficienza per fare dei controlli accurati sui visitatori, all'uscita teniamo gli occhi ben aperti, proprio per evitare che qualcuno se la svigni…»

«Potrebbe essere venuto il padre a trovarlo?»

Mi lancia un'occhiata sospetta, vuole accertarsi che questa situazione non gli procuri delle noie.

Prima che il direttore replichi alla mia domanda, la porta dell'ufficio si spalanca con violenza.

«Scusate signor direttore, abbiamo preso questo furfante!»

Un energumeno in divisa da sorvegliante tiene un bambino per l'orecchio, sollevandolo quasi da terra.

Il piccolo scalcia come un animaletto selvatico, sino a quando il dolore diventa evidentemente troppo forte e lo costringe a calmarsi.

Riconosco il colore degli occhi di Gemma, sua madre.

Ha una faccia simpatica, lineamenti dolci e lo sguardo ribelle, difficile da domare.

«Dove si era rintanato?»

«Nella cucina, direttore. L'abbiamo trovato mentre cercava di infilarsi tra le sbarre della finestra che affaccia sulla strada. Un piccolo salto e sarebbe riuscito a scappare! Per fortuna all'ultimo momento gli è mancato il coraggio.»

Il sorvegliante termina il suo rapporto tirando di nuovo con forza l'orecchio del piccolo Matteo e rifilandogli una potente ginocchiata nella schiena.

Cerco di controllarmi di fronte a quella violenza eccessiva e gratuita.

«Potreste lasciarmi solo con lui, direttore?»

«Ma, veramente, questo furfante dovrebbe essere punito…»

L'occhiata che gli rivolgo lo convince a uscire, insieme al secondino.

Avvicino il piccolo e cerco di tranquillizzarlo, scompigliandogli un po' i folti capelli ricci.

«Volevi scappare?»

Mi guarda con sospetto.

«Io ti sono amico, Matteo. Non avere paura.»

Mi levo il berretto e glielo metto sulla testa, coprendogli il volto fino al naso.

La cosa lo fa finalmente sorridere.

All'improvviso dalla strada si ode una scarica di fucili.

Mi precipito alla finestra e riesco solo a vedere alcuni passanti che corrono spaventati.

Un istante dopo il direttore rientra agitato.

«Signor tenente… Fuori… È meglio che andiate a vedere…»

«Cos'è successo, direttore?»

Indica il ragazzo con un cenno della testa.

Corro fuori dalla stanza e scendo velocemente le scale.

Una volta in strada, tra la folla che scappa agitata in varie direzioni, noto poco lontano ciò che mi aspettavo di vedere. All'inizio della salita sterrata che porta al colle Bonadies, riconosco i miei uomini, davanti a tutti il sergente Guaccio, in piedi accanto a un corpo senza vita.

Li raggiungo: sguardi abbassati e senso di colpa aleggiano nell'aria.

In silenzio mi avvicino. Conto tre fori di proiettile sul petto di un giovane, con indosso vestiti laceri e macchiati di sangue fresco.

Cerco di alzare il più possibile il tono della voce per farmi sentire anche dai passanti che, tranquillizzati ora dalla mia presenza, cominciano ad avvicinarsi.

«Portate quell'uomo da chi vi ha commissionato l'omicidio, mercenari! E ritirate pure il vostro compenso!»

Quando il sergente Guaccio mi chiama timidamente gli grido contro:

«Soldati… Voi eravate soldati! E invece vi siete comportati peggio del brigante che avete ucciso. E tutto alle mie spalle! Mi avete offeso e reso ridicolo!»

«Avevamo ricevuto l'ordine di partire subito, signor tenente, di appostarci qui perché Cifelli…»

«Mentite! Se fosse stato come dite, quell'ordine sarebbe arrivato a me!»

«Ma il dottor Nicotera… E poi c'è stato uno scontro a fuoco…»

«Perdio! Mi credete uno stupido, Guaccio? Tre colpi tutti concentrati sul petto… Altro che scontro a fuoco, quell'uomo è stato ucciso in un agguato! Avete ricevuto l'informazione e invece di passarla a me vi siete venduti a Nicotera!»

Siamo circondati da una piccola folla di curiosi.

«Era un brigante…»

«Non più di voi e dei vostri complici, Guaccio! Non appartenete più alla gendarmeria, non ne siete degni. Sparite dalla mia vista e ringraziate Iddio che non vi faccio fucilare.

Guaccio, vi giuro che la prossima volta che vedrò la vostra faccia vi farò saltare le cervella!»

Il direttore dell'orfanotrofio, sceso intanto anche lui in strada, ha alle sue spalle il piccolo Matteo. Il bambino corre verso il cadavere urlando disperato.

Un sorvegliante e una passante riescono a bloccarlo. La donna lo prende in braccio e con voce dolce tenta di calmarlo, riportandolo verso l'orfanotrofio.

Sono pietrificato. Non riesco ad avvicinarmi al piccolo, che singhiozza in modo davvero straziante.

«Direttore, quel ragazzo, Matteo, dovrà essere trattato con ogni riguardo. Ne risponderete direttamente a me!»

Di fronte al mio tono risoluto, che non ammette repliche, l'uomo abbassa la testa e capisco che il mio ordine sarà rispettato.

Mi allontano, assumendo quella ridicola parvenza di dignità che rimane a un uomo tradito. Intanto penso che tutto si è svolto secondo i piani.

7.

Quinto giorno, cinque settembre.

Il sole non è ancora spuntato e il cielo comincia ad assumere quel colore rosa che precede l'azzurro. La piccola barca procede lenta, il silenzio dell'alba è disturbato solo dal rumore cadenzato dei remi che sfiorano l'acqua ancora scura.

Non mi aspettavo che facesse così freddo. Il proprietario dell'imbarcazione, un vecchio pescatore di cui non ricordo il nome, mi è di fronte mentre rema e mi osserva con curiosità. Si starà chiedendo perché mai un ufficiale delle guardie e una donna anziana gli abbiano chiesto, in cambio di pochi spiccioli che per lui rappresentano una intera giornata di lavoro, di condurli a Cetara in tutta segretezza.

La donna, seduta a prua, osserva silenziosa l'orizzonte. Anche lei, come il pescatore, sembra non patire il freddo pungente.

Salerno è ormai riconoscibile solo per qualche fioca luce, mentre davanti a noi si staglia il profilo scuro della torre del piccolo borgo di pescatori all'inizio della costa d'Amalfi.

Il barcaiolo alza il remo sinistro dall'acqua e con pochi movimenti esperti di quello destro modifica la direzione della barca. Puntiamo a riva. Siamo diretti versi una delle tante calette della costiera, raggiungibile solo dal mare.

È il momento. Un piccolo fuoco si accende e un attimo dopo viene coperto alla nostra vista. La donna si volta verso di me per accertarsi che abbia visto il segnale.

Ci avviciniamo e riconosco subito il sergente Guaccio, in piedi proprio di fronte a noi, e alcuni dei miei uomini, appoggiati a una barca appena più grossa della nostra.

Intravedo anche una tenda, con un piccolo falò all'interno.

La barca, spinta ora dalla corrente, si arresta bruscamente nel pietrisco del bagnasciuga. Con un balzo sono fuori e aiuto la mia anziana accompagnatrice a scendere.

«Aspettateci qui, per favore.» mi rivolgo al pescatore.

Girolamo Guaccio si avvicina e, prima che possa salutarmi militarmente, gli offro la mano che lui stringe con calore.

«Tutto bene, signor tenente?»

«Sì, Guaccio. A voi come è andata?»

«Secondo i piani, signore. Nessuno ha sospettato nulla. Mentre portavamo via il cadavere sul carretto qualcuno si faceva il segno della croce, qualcun altro ci bestemmiava contro. Quando eravamo più lontani, ci è stato anche lanciato un sasso…»

«Nicotera?»

«Felicissimo! Ci ha pagati e non ha voluto nemmeno vedere il cadavere. Come avevate previsto voi, signore, è bastato dirgli che lo avevamo crivellato di colpi…»

«Già, mi era nota la sua avversione per il sangue…»

Il sergente mi porge una piccola borsetta di cuoio piena di monete. Il prezzo di un brigante sul mercato…

«Questi sono vostri e degli altri uomini, Guaccio…», faccio per restituirgli il borsellino ma lui alza la mano e si oppone con tono deciso.

«Ma figuratevi, signor tenente! Voi ci offendete…»

Gli stringo di nuovo la mano. In realtà non mi aspettavo una risposta diversa dai miei uomini.

«Lui dov'è?»

«Nella tenda. Non ha voluto mangiare e non ha chiuso occhio tutta la notte. Ha osservato in silenzio il fuoco per tutto il tempo.»

Seguito dal mio sergente entro nella tenda. L'anziana donna che mi ha accompagnato è già vicino a lui, parlano sottovoce ma, appena mi vedono, si zittiscono e mi guardano.

L'uomo che ho di fronte ha circa la mia età, forse qualche anno di meno. Lo sguardo fiero e risoluto contrasta con l'abbigliamento sporco e lacero e i piedi nudi. La camicia è ancora sporca di pomodoro. Questo sarebbe Pasqualone Cifelli, il terribile brigante…

«Tenente…»

«Allora, Cifelli? Sembra che sia andato tutto secondo i piani.»

«Già, avite visto che grande attore Matteo? O' piccirillo è stato magnifico!»

«Sì, debbo dire che il ragazzo è stato molto convincente. Ha recitato la commedia secondo le istruzioni di vostra zia come un attore consumato. Ora però…»

«Ora tocca a me, o' ssaccio. Ma primma riciteme na' cosa. Perché ve site fidato 'e me?»

«Non v'illudete, Cifelli. Io ho rischiato poco. Anche se la vostra morte era finta, eravate sempre circondato dai miei uomini, non potevate scappare. Voi, piuttosto, avete rischiato tutto. Quando vostra zia è venuta da me a portarmi la proposta, avrei potuto fingere di accettare per poi catturarvi. Siete stato voi a fidarvi di me.»

«Va bbuo', ce simme fidati tutti e due! Io però sapevo con chi avevo a che fare. Se sape in giro che vuie nun site nu' bastardo!»

«Molto gentile, detto da un brigante assassino poi…»

«Assassino io? Si avisseve visto solo 'a mmetà 'e chello che ho visto io!»

«Va bene, va bene. Ora però tocca a voi.»

«Signò, è meglio che parla mia zia Carmela, è più istruita!»

La donna si alza senza staccarmi gli occhi di dosso. Ha uno sguardo duro, impenetrabile.

«Mio nipote è nu' bravo ragazzo. Lui si è difeso, e ha difeso o' Re, l'unico Re!»

«Il tempo stringe, signora. Veniamo al sodo!»

«Dopo che andai a dire a Matteo quello che doveva fare, la finta fuga, la sceneggiata davanti al padre morto, staranno tutti tranquilli e quieti che il ragazzo nun po' scappà. Nun tene chiù a nisciuno, è chiaro?»

«Questo l'ho capito. E ho capito pure che Pasqualone vuole scappare in America insieme al figlio. Voi siete arrivata un attimo dopo che il mio sergente mi aveva informato che Nicotera gli aveva ordinato di presidiare a mia insaputa l'orfanotrofio, perché prima o poi Cifelli avrebbe tentato di rapire il figlio. Pasqualone doveva morire prima di aprire bocca, e in cambio il sergente e gli altri uomini avrebbero ricevuto un bel po' di danaro.»

«Quanto?» si intromette Cifelli con un sorriso.

«Un bel po'» gli rispondo. Poi mi rivolgo di nuovo alla donna.

«Tutto questo lo so bene. Quello che vorrei sapere è quali sono le importanti rivelazioni che mi avete promesso! E ricordatevi che sono sempre in tempo per consegnarvi tutti e due a Nicotera!»

Il brigante si alza e mi osserva con lo stesso sguardo della zia.

Guaccio, al mio fianco, temendo una reazione appoggia la mano sulla spada, pronto a estrarla.

Ma l'uomo non ha cattive intenzioni. Sorride e decide di raccontare lui tutta la storia, a parole sue. Non so perché ma mi sembra un gesto di riguardo nei miei confronti.

«Io amavo mia moglie, tenente. Gemma era la mia vita. Nun ce simme separati pecché era finito l'ammore, ma sulo per salvà a vita a essa e a Matteo, dopo che sta' politica schifosa...»

Il colloquio dura quasi un'ora. Pasqualone Cifelli mi descrive il suo coinvolgimento nella politica, in cui si è trovato sempre più invischiato, sino a non poter tornare più indietro. Mi descrive le battaglie, la latitanza, le stragi di innocenti di cui è stato testimone. Mi racconta dei contatti con gli emissari dei Borbone, delle trasferte in Lucania per rifornirsi di armi e soldi, della guerra finanziata da nobili ed ecclesiastici che, per salvare la faccia e la vita, si mostravano fedeli al nuovo corso della storia, mentre nell'ombra sostenevano la guerriglia.

E soprattutto mi racconta dei suoi rapporti con Luchino de Vincenzo.

Alla fine si siede esausto, imitato dalla zia che lo accarezza come se fosse un bambino.

Di nuovo gli occhi di entrambi fissi su di me. Sembra lo sguardo che un condannato a morte rivolge al boia prima che sferri il colpo.

Il sole è già alto. Bisogna affrettarsi, rientrare per non destare sospetti.

«Come contate di portar via Matteo? Sia chiaro che non voglio spargimenti di sangue!»

«No, tenente, basta sangue. Avimmo organizzato tutto. Il giorno del trionfo 'e chillu sfaccimm 'e Garibaldi, ci saranno pure i ragazzi dell'orfanotrofio. Dint 'a confusione, mia zia piglierà a Matteo, che già sape tutto. E io li aspetterò... Ma questo è meglio che nun o' sapite, ve pare?»

Sorridiamo entrambi, solo la zia rimane impassibile.

Stringo il borsellino con dentro i soldi di Nicotera, mi volto verso Guaccio, lui fa un cenno di assenso.

Lo lancio al brigante che lo afferra al volo. Ne individua subito il contenuto. Rimane a bocca aperta.

«Buona fortuna!» è l'ultima cosa che gli dico, prima di andarmene insieme a Guaccio e ai miei uomini.

8.

La città è in preda a un'agitazione incontenibile. Le strade sono tappezzate di bandiere tricolori, il palco davanti al palazzo dell'Intendenza è già stato allestito.

Tra le varie raccomandazioni che mi sono giunte in ordine al mantenimento dell'ordine pubblico per l'indomani, c'è un messaggio che mi sto rigirando tra le mani da un'ora.

Su carta intestata della Loggia Carlo Pisacane, *"la Città di Salerno esprime al Capitano Ragone il più sentito ringraziamento per il lavoro svolto e il compiacimento per la cattura di un pericoloso latitante e la rapidissima conclusione dell'indagine relativa a un crimine efferato"*.

Non è firmato, nessuno ha avuto l'ardire di farlo.

Capitano… Anche a me è stata pagata la taglia di Pasqualone Cifelli.

Suono il campanello sulla mia scrivania e il caporale entra di corsa.

«Agli ordini, signor capitano!»

«Capitano? Ma come…»

«Permettetemi di formularvi le più vive congratulazioni per la meritata promozione a nome di tutto il corpo di polizia!»

Un discorsetto preparato con cura, non c'è che dire.

«Grazie, caporale, ma lasciamo perdere i convenevoli. Volete dirmi per favore come avete saputo, visto che io ne sono stato informato solo un'ora fa?»

«Veramente non ricordo, signore. L'ho sentito dire da una guardia, forse…»

«Lasciamo perdere. È tutto pronto?»

«Tutto secondo i vostri ordini, signore. Ma c'è di là il dottor Guglielmi che chiede di essere ricevuto.»

«Fatelo entrare.»

Il medico è in preda all'eccitazione. Dopo i complimenti per la promozione – pare che io sia stato l'ultimo a saperlo! – prorompe in un fiume di parole, cosa assolutamente inusuale per lui.

«Domattina andrò incontro a Garibaldi! Ci troveremo a Pontecagnano. Ho ricevuto un suo invito personale, insieme a Matteo Luciani e all'avvocato La Francesca. Ci pensate, Ragone? Entrerò a Salerno insieme all'Eroe! Non sto più nella pelle, stanotte non chiuderò occhio, ne sono sicuro…»

Mi dispiace smorzare il suo entusiasmo.

«Sapete che mi accingo a perquisire la casa del Barone de Vincenzo?»

Le mie parole hanno l'effetto di uno schiaffo sul dottore.

«Cosa?», grida mentre il viso gli diventa paonazzo, «Perché? Per quale dannato motivo, per l'amor di Dio?»

«Due considerazioni. La prima è che il barone de Vincenzo è un collezionista di strumenti chirurgici antichi. Ne eravate a conoscenza, vero? Possiede pezzi risalenti al tempo degli Etruschi. Presumo quindi che abbia anche qualche oggetto della Scuola Medica. Non vi sembra ragionevole supporlo? Considerato che per ben tre volte ho tentato di farmi ricevere dal barone ma, puntualmente, il vostro amico si è fatto negare, ho deciso di fugare il mio dubbio con una perquisizione ufficiale. E stavolta vi garantisco che farò buttare giù il portone…»

«Avete… Avete parlato di due considerazioni.»

«Esatto, dottore. La seconda scoperta che ho fatto è che il figlio del barone, Pietro, ha seri problemi mentali. È pazzo, insomma. I de Vincenzo sono originari della Lucania, dove abitavano prima di trasferirsi a Salerno. E sapete il motivo per cui la famiglia a un certo punto ha deciso di andare a vivere lontano dai propri possedimenti? Ve lo dico io, nel caso lo ignoriate… Tre giovani donne, due contadine e una cameriera a servizio nella casa del barone, assassinate dopo essere state stuprate e seviziate con un'arma da taglio non meglio identificata! Non so se i de Vincenzo temessero più lo scandalo o una rivolta della popolazione locale, ma questo è quanto. Vi bastano come indizi? Per ora solo indizi, ma conto di procurarmi le prove in mattinata. E ora cosa mi dite, dottore?»

«Chi vi ha detto tutto questo?»

Il mio pensiero va subito a Pasqualone Cifelli e a suo figlio. Ora è più che mai importante non suscitare sospetti perché il piano abbia l'epilogo sperato.

«Una fonte attendibile…»

«Una fonte? Che diavolo significa una fonte? Vi rendete conto della gravità di ciò che dite? State costruendo un castello di accuse infamanti per un pettegolezzo sentito in giro!»

«Calmatevi, dottore. Ho parlato di una fonte attendibile, non di un pettegolezzo. Se proprio vi interessa, è stato un mezzadro lucano, uno che ha lavorato per molto tempo per i de Vincenzo e li conosce bene. Già altre volte ci siamo serviti di lui come informatore, dopo che si è trasferito a Salerno, per questo so che la sua testimonianza è credibile. Mi ha raccontato tutto, anche del doppio gioco del barone de Vincenzo nelle questioni politiche! Di questo ne eravate al corrente?»

Osservo con attenzione il dottore per trovare una risposta

a quest'ultimo dubbio, ma lui ha ripreso il controllo dei propri nervi. Ora mi osserva con calma. Sembra indeciso se parlare o alzarsi e andar via.

«Ragone, voi mi siete simpatico, e la mia stima per voi è grande.»

«Grazie dottore, anch'io...»

«Non lo fate! Ve lo dico come amico, come fratello. Non lo fate! La mia non è una minaccia, badate bene. Vi prego di credermi, capisco le vostre ragioni, comprendo perfettamente cosa state provando. E vi giuro sul mio onore che ammiro e rispetto i vostri sentimenti. Vi confesso che li invidio persino.»

«Dottor Guglielmi, io...»

«Se non volete farlo per la carriera, fatelo solo per evitare di rendervi ridicolo, per rispetto alla divisa che portate, e che fu indossata da vostro padre.»

«Ridicolo?» sbatto il pugno sul tavolo.

«I de Vincenzo sono in partenza. Tutti quanti, compresi i domestici. Il palazzo sarà vuoto nel giro di poche ore. E la collezione che dite – se mai è esistita – non la troverete mai, anche perquisendo la casa da cima a fondo.»

«Maledizione! Lo impedirò, non permetterò...»

«Il barone e sua sorella torneranno in Lucania. Lui ha rinunciato a ogni pretesa politica per quanto riguarda la carica di sindaco. Sì, concorreva con Luciani e altri per quell'incarico. Anzi, era il favorito...»

«E Pietro?»

«A Parigi. Sarà ricoverato in una clinica all'avanguardia nella cura delle malattie mentali.»

«È stato Pietro o suo padre?» chiedo a bruciapelo.

Il medico non si scompone.

«Non lo so, Ragone, credetemi.»

«Questo delitto non resterà impunito!»

«Quanti crimini restano impuniti? Anzi, quanti crimini non vengono nemmeno riconosciuti come tali...»

«Non questo, dottore.»

«Se fosse stato Pietro sarebbe giustificato dalla sua malattia mentale. Resterà in manicomio per tutta la vita. Non è questa una punizione? Che differenza c'è tra la prigione di Salerno e un manicomio in Francia?»

«Una notevole differenza, credo. Una prigione dorata non verrebbe mai concessa a uno del popolo. È questa l'uguaglianza di cui parlate nei vostri proclami? È per questo ideale di giustizia che avete combattuto e subìto la prigionia?»

Mi guarda fisso, non c'è traccia di rancore nel suo sguardo.

«E rispondete a quest'altra domanda, dottore. Se il colpevole fosse il barone Luchino de Vincenzo?»

«Perché avrebbe dovuto? Il figlio è pazzo, ma lui...»

«Per soffocare lo scandalo di una gravidanza inopportuna, per esempio, soprattutto in questo "storico momento", come lo definite voi e i vostri amici. Che ci sia stato stupro o meno ora non importa, anche se in quella famiglia esistono già dei precedenti. O magari Gemma conosceva cose compromettenti sul suo passato politico...». Cerco di pesare le parole con attenzione per non scoprire troppo le mie carte.

«Capitano, se voi lo conosceste come lo conosco io...»

«Allora se lo conoscete ditemi quali sono le pecche del mio ragionamento!»

«So che avete interrogato Filomena, la prostituta di giù ai Caciocavalli. È venuta da me... Calmatevi, non per informarmi del vostro interrogatorio! Mi ha chiesto notizie su Luchino. Da tempo, sapete, noi medici contravveniamo al segreto professionale e siamo diventati i confidenti delle prostitute! Lo facciamo per evitare una nuova diffusione di gonorrea e sifilide, dopo l'epidemia del '53 che mise in ginocchio la città.»

«Cosa le avete detto, dottore? O forse per me vale il segreto professionale?»

«Il vostro sarcasmo è fuori luogo, credetemi! Non è stata una scelta facile per noi medici…»

«E dunque?»

«Luchino ha la sifilide. Non ha mai voluto ricoverarsi in un sanatorio, nonostante le mie sollecitazioni. Così ora la malattia non è più curabile. Da qualche mese gli sono comparsi sintomi inequivocabili, non ha più speranze.»

«Quanto gli resta?»

«Uno, forse due anni al massimo. Ma tra un po' di tempo la progressione sarà più veloce, lo attende un'agonia dolorosa. Anche per questo motivo l'abbiamo convinto a rinunciare alle sue ambizioni politiche.»

«Dottore, mi sembra di ricordare che la sifilide mini anche le facoltà mentali.»

«So a cosa state pensando, capitano, ma è ancora presto perché si manifesti la demenza. E poi Luchino è sempre stato uno scellerato! Non si è mai preoccupato del buon nome del casato. Ordire un omicidio come quello per evitare uno scandalo… Tendere un agguato a una cameriera sulla soglia di una chiesa… All'alba poi, lui che non riesce nemmeno a stare in piedi prima di mezzogiorno, dopo i bagordi della notte! No, Ragone, sono sicuro che non è lui il colpevole. Non ne sarebbe capace, gli difettano forza, coraggio e lucidità. E amor proprio. Quanto a Pietro…»

«Potrebbe essere stato lui?»

«Non lo conosco bene, l'ho visitato solo un paio di volte. Ma come medico dico di no: è troppo apatico, confuso. No, sono sicuro di no!»

Mentre mi lascio ricadere sulla sedia, Michele Guglielmi mi si avvicina poggiandomi una mano sulla spalla.

«L'Italia unita prima di tutto, prima di ogni cosa e sopra ogni cosa. Domani fate il vostro lavoro al meglio, ragazzo mio, e poi cercate la vostra strada…»

«Fate buon viaggio, dottore» dico senza guardarlo negli occhi.

Mentre si avvia verso l'uscio il suo tono è molto cambiato.

«No, Ragone. Non credo che andrò a Pontecagnano. Ci ho ripensato. È meglio lasciare il posto d'onore a chi ci tiene veramente. Aspetterò Garibaldi qui a Salerno, con tutti gli altri. Gli stringerò la mano e poi… Poi anch'io cercherò la mia strada.»

9.

Nel pomeriggio vengo introdotto da Benedetta Barbato nell'ampio salone di palazzo de Vincenzo. Due guardie mi accompagnano, si piazzano ai lati della porta d'ingresso. Ho lasciato altri uomini in cortile, con l'incarico di perquisire alcuni grossi bauli pronti per il trasporto e presidiare le quattro lussuose carrozze, in fila davanti al portone d'ingresso, in attesa dei padroni di casa.

Uno dei conducenti mi ha confermato che lui e gli altri sono stati ingaggiati per trasferire la famiglia in Lucania e trasportare i bauli. Nei giorni successivi, poi, avrebbero dovuto condurre nello stesso posto la servitù e terminare il trasloco del mobilio e dei restanti bagagli.

Benedetta raggiunge silenziosa il maggiordomo Alfonso, davanti a una grande vetrata ricoperta da lussuose tende bianche. Il salone è pieno di valigie, borse, sacchi e fagotti di varie dimensioni.

Dalla strada giungono grida e qualche sparo di moschetto, esaltazioni per la grande festa prevista per domani.

Luchino de Vincenzo appare teso e trasandato, con il colletto della camicia sbottonato, la barba incolta, la giacca spiegazzata, le scarpe impolverate. Non riesce a reggere il mio sguardo, si sfrega nervosamente le mani, si alza più volte per poi risedersi, ogni tanto si versa da bere.

Donna Anna non mostra stupore nel vedermi, al contrario di Alfonso e Benedetta che spostano di continuo lo sguardo da me alla loro padrona. La baronessa siede impettita accanto a un lucido pianoforte a coda, probabilmente mai usato. Mi rivolge un'espressione di sfida. Sembra in posa per un ritratto. La sua elaborata acconciatura mi fa ripensare alle lunghe trecce che portava sempre Francesca, ai suoi capelli soffici e profumati, neri come la pece, che creavano un originale e piacevole contrasto con la pelle candida... No, non ora! Non posso permettermi distrazioni, non debbo commettere errori.

Il silenzio è rotto dall'arrivo di Michele Guglielmi, che ho fatto convocare all'ultimo minuto. Entra trafelato nel salone, senza dire una parola, e prudentemente si posiziona a metà strada tra me e la padrona di casa. Il suo sguardo segue la medesima oscillazione di quello di Alfonso e Benedetta.

Sto per rompere quel silenzio angosciante quando la baronessa mi anticipa battendo in terra il suo bastone da passeggio:

«Ebbene, signori? Il motivo di questa visita inaspettata?»

Il tono è acido come l'altra volta che l'ho incontrata. Ma la sua voce ora tradisce ansia.

«Perdonate l'intrusione, signora, ma sono venuto ad arrestare Pietro de Vincenzo per l'omicidio di Gemma Barbato!»

«Cosa?» esclama il barone facendo qualche passo verso di me, subito placato dall'amico Guglielmi.

Donna Anna, invece, rimane immobile:

«Come osate, lurido pezzente...»

«Poche storie, signori, non ho tempo da perdere. Abbiamo un testimone.»

Tutti mi osservano stupiti. Incrocio lo sguardo con quello incredulo e confuso di Michele Guglielmi. Riprendo a parlare, prima che lui intervenga e mi rovini l'effetto sorpresa su cui ho fatto affidamento:

«Sì, un testimone che quella mattina era nella piazza. Ha riconosciuto Pietro e l'ha visto mentre aggrediva mortalmente la Barbato. Quindi...»

«Chi è, ditemi il suo nome! Voglio sapere il nome di questo infame...», il barone ha perso il controllo, se non ci fosse il dottor Guglielmi a trattenerlo mi sarebbe già saltato addosso.

«Lo saprete a tempo debito, barone. Ora volete dirmi dove si trova vostro figlio o debbo far perquisire tutto il palazzo?»

Le guardie si muovono al mio cenno, ma il dottor Guglielmi le ferma con un gesto della mano.

«Tenente, vi sembra proprio il caso? Il giovane Pietro è malato, non è responsabile delle proprie azioni. E poi non avevate detto...»

«Questo lo stabilirà il tribunale, dopo un regolare processo, dottore. Allora barone, volete dirmi dove si trova vostro figlio o debbo farlo stanare dai miei uomini?»

«In catene... Mio figlio in catene come un volgare brigante... Pregustate già la scena, vero? Ammettetelo!»

Luchino de Vincenzo si appoggia alla spalliera di una sedia per evitare di cadere, prontamente aiutato dal dottor Guglielmi.

Donna Anna è immobile, lo sguardo fisso nel vuoto.

Anche Alfonso e Benedetta sembrano pietrificati.

«Sono anche alla ricerca di una collezione di antichi strumenti chirurgici, signori. Qui in casa o nei bauli che i miei uomini stanno perquisendo giù in cortile. Farò rovistare dappertutto, a meno che voi non decidiate di collaborare...»

«Non c'è alcun bisogno, signore! Sono stata io a uccidere la serva.»

«Baronessa... Ma perché... Come...» balbetta Michele Guglielmi. Il fratello è incapace di muoversi e di parlare.

«Questa storia è durata anche troppo. Sono stanca di sotterfugi. È una vita che porto dentro di me i segreti di questa famiglia. Quella serva era incinta, lei diceva di essere stata violentata da mio nipote, ma io sospetto che fosse opera di mio fratello. Non è così, Luchino? Come tutte le altre, vero? Prima le offrivi a tuo figlio e poi sfogavi su di loro la tua follia! Credi che non lo sapessi? Il vero pazzo non è Pietro, sei tu! Ma tutto questo ormai non ha importanza, signori... Sappiate che quella puttana osava ricattarmi!»

Un gemito di Benedetta interrompe la confessione. La ragazza scappa via seguita dal maggiordomo.

«Sì, mi ricattava. Dopo i soldi che le avevo dato per convincerla ad abortire, aveva cominciato a piagnucolare che si era pentita, che si sentiva sporca… Non chiedeva più soldi, ora, ma un nome, una famiglia. Il mio nome! La mia famiglia!»

«Com'è successo, signora?» le chiedo con il tono più calmo possibile.

«Quella mattina le ho chiesto di accompagnarmi in chiesa all'alba. Volevo essere sicura che avrebbe rinunciato alle sue pretese, farglielo giurare davanti a Dio! Avevo portato con me altro danaro, ma anche uno di quegli arnesi, simile a un coltello, che Luchino conserva nello studio. Mi pare si chiami sagitella, o qualcosa del genere. Volevo spaventarla, nel caso avesse perseverato nel ricatto! La cappella era chiusa, eravamo entrambe inginocchiate sullo scalino davanti alla cancellata, da cui si vede la statua di Cristo. Le ho offerto il danaro, avvertendola che sarebbe dovuto bastare una volta per tutte, che non le avrei dato altro. Ebbene, signori, sapete cosa mi ha risposto quella puttana? Con un sorriso mi ha detto: *"Soldi? No, ora mi dovete altro. Siete riuscita a farmi uccidere il figlio che aspettavo ma ora c'è un'altra creatura di cui vi dovrete occupare: Matteo. E ci penserete voi e vostro fratello! Mio figlio dovrà chiamarsi come voi: de Vincenzo! Siete vecchia, quanto pensate ancora di campare? Quel porco di vostro fratello è malato e vostro nipote è scemo. A chi andranno i soldi? A me e mio figlio, voglio essere io la baronessa de Vincenzo! Pensateci bene, che cosa diranno i garibaldini quando sapranno che la vostra famiglia ha tramato per anni con i Borbone? Scegliete voi se mi volete come cognata o come moglie di vostro nipote, per me fa lo stesso. Sarò comunque io la baronessa, l'unica erede!".* Avete capito, vi rendete conto? Il nome dei de Vincenzo... Baronessa! Una serva che diventa baronessa! Mentre era ancora inginocchiata, mi sono messa alle sue spalle. E le ho tagliato la gola! L'ho scannata, come meritava una scrofa come lei! Poi avrei voluto anche sfregiarla, ho tentato... Ma alla fine mi è mancata la forza necessaria. Ho sentito gli zoccoli di un cavallo, sono scappata via buttando lì l'arma, come una stupida!»

Dopo queste parole Donna Anna sembra aver perso tutto il suo orgoglio. Ora si rivolge a me con tono supplichevole, le mani giunte come se fosse davanti alla statua di un santo.

«Lasciatemi dare un bacio a mio nipote, signore, e poi vi seguirò senza fare storie.»

Con un cenno del capo acconsento alla sua richiesta e lei esce dalla stanza con passo svelto.

Guglielmi e io restiamo a guardarci in silenzio per alcuni minuti.

Il barone siede con le mani tra i capelli, lo sguardo rivolto al pavimento.

Da basso si odono i singhiozzi di Benedetta e le parole di conforto di Alfonso.

«Voi... Voi sapevate, avevate capito. Era una trappola per la baronessa, vero Ragone?»

«Chi aveva interesse a tutelare il buon nome di questa famiglia, dottor Guglielmi?»

«Che domande, capitano… Chiunque ne facesse parte, mi sembra ovvio!»

«Già, ma chi ne aveva le capacità?»

Silenzio.

«Gemma Barbato era al corrente delle passate simpatie borboniche dei de Vincenzo e del loro contributo alla guerra contro il nuovo stato. Inoltre era rimasta incinta, pur non uscendo mai di casa... Dunque?»

Prima che Guglielmi possa rispondere, anche se pare troppo assorto nelle sue riflessioni, riprendo il discorso:

«Non poteva essere incinta del marito. Anche se avessero voluto, non avevano alcuna possibilità di incontrarsi. Ma so per certo che i due non si vedevano da tempo. Quindi Gemma è rimasta incinta di un uomo che abita in questa casa. E la sua gravidanza rappresentava solo un piccolo problema rispetto a ciò di cui era al corrente. Tanto da spingere qualcuno a ucciderla. Per troppo tempo mi sono concentrato sulla possibile paternità. Invece il vero punto da stabilire è: chi aveva la capacità di uccidere? Non chi avesse interesse o desiderio, badate bene, ma chi ne aveva anche la capacità!»

«Io… Non sono sicuro…»

«Il movente, dottore. Lo scandalo. Il buon nome dei de Vincenzo. Cosa poteva capirne un povero malato di mente? E il padre? Voi stesso l'avete definito uno scellerato superficiale…»

Entrambi ci voltiamo a guardare Luchino de Vincenzo, il quale però sembra totalmente assente.

Poi, all'improvviso, da qualche parte nel palazzo, si ode lo sparo…

10.

Sesto giorno, sei settembre 1860.

Viva Garibaldi!

Viva il Nazzareno!

Viva il Dittatore!

Viva l'Angelo d'Italia!

Viva l'Apostolo!

Viva l'Eroe!

Viva Vittorio Emanuele!

Drappi e bandiere sventolanti rendono la nuova via Garibaldi irriconoscibile. Grida di gioia, fuochi d'artificio, lancio di fiori dai balconi addobbati, pianti, battimani, bimbi sollevati dai genitori, canti patriottici accompagnati dalla banda dell'Orfanotrofio.

Il piccolo Matteo è in prima fila, vestito di tutto punto con una divisa color grigio topo. Percuote, fuori tempo rispetto al resto della banda, un tamburo alto quasi quanto lui. Il berretto, di almeno due taglie più grandi, gli scivola di continuo davanti al viso, e lui sorride ogni volta che se lo rimette a posto.

L'unico neo in quel giorno di festa è stata la fuga dell'arcivescovo, irriducibile realista, seguita al rifiuto di recitare il "Te Deum" nel Duomo. Ma dubito che l'eroe avesse intenzione di assistere a una messa…

Alle cinque e mezzo del pomeriggio Garibaldi entra a Salerno, in piedi, su di una carrozza scoperta.

Cammino a pochi metri da lui, insieme alle mie guardie.

In borghese, indossa un cappello a falde larghe e ostenta due pistole a tamburo con il calcio in madreperla, infilate nella cintola. Accanto a lui, seduti nella carrozza, ci sono anche i potenti della città, gli eroi della nuova Italia. Dietro di noi una moltitudine di camicie rosse canta a squarciagola.

D'un tratto alcuni giovani salernitani si fanno avanti e, staccati i cavalli, si mettono alle stanghe della carrozza, tirandola in trionfo.

Il generale saluta e sorride.

Quando il corteo giunge davanti al palazzo dell'Intendenza, uno strano movimento e alcune urla attirano la mia attenzione. Mi faccio largo tra la folla insieme ai miei uomini e vedo il dottor Guglielmi in terra, privo di sensi, la mano ancora stretta a quella di Garibaldi, che sorride bonariamente.

È solo svenuto per l'emozione, per fortuna. Per un istante avevo temuto un attentato. Ma qui non c'è più nessuno fedele al vecchio re, o per lo meno nessuno che si ricordi di esserlo stato…

Non mi aspettavo che un uomo come Michele Guglielmi cedesse all'emozione. Sull'uomo burbero e spregiudicato, sul chirurgo freddo ed esperto, ha preso il sopravvento il fanciullo dal cuore puro.

Mentre Guglielmi si rialza e il suo viso riprende colore, il Generale si sfila una pistola dalla cintola e con un gesto plateale la regala al dottore.

Poi sale sul palco e zittisce la folla con gesti delle mani.

Una sola frase lapidaria, la voce bassa, il tono pacato:

«Desidero rivedere questa cara, generosa, affettuosa popolazione salernitana!»

Non aggiunge altro. Con passo svelto e spavaldo fa il suo ingresso nel cortile del palazzo, seguito da pochi garibaldini e dai notabili, ansiosi di conoscere il futuro d'Italia, ma soprattutto il loro ruolo nel nuovo Stato.

La folla di cittadini si disperde insieme alle camicie rosse.

Riesco a scorgere da lontano il piccolo Matteo che saltella dietro alla zia di suo padre, tenendola per mano. Nella confusione nessuno li nota, mentre scompaiono alla mia vista inoltrandosi in un vicolo.

Ora il mio lavoro è davvero terminato…

Desidero ringraziare il dottor Alberto Guglielmi e il dottor Michele Guglielmi per il prezioso contributo.

Paolo D'Amato

Secondo natura

di Rocco Papa

1.

1943

Finalmente era fuori, libero come una bandiera al vento. Dopo duecentotrenta giorni di galera, era fuori, e pioveva. Acqua come non ne aveva mai vista prima, acqua che non lavava e non cancellava. Acqua di fine estate, calda, sporca di polvere e sale. Ma lui era fuori e quell'acqua lo bagnava, finalmente. Scivolava lungo i capelli ricci e neri, sul collo, sulle spalle, sui piedi liberi di camminare fin dove la mente poteva andare.

Le sagome grigie delle navi riempivano ancora il golfo, i cannoni cantavano la loro melodia, la gente continuava a morire. Dall'alto la città era immobile, ferita, inerme. Svuotata della vita, delle grida, dei dolori e delle gioie: era tutto silenzio. Si combatteva ancora sulle colline, nelle frazioni e nelle campagne. I tedeschi non cedevano, gli alleati stentavano. Prima di uscire, prima che le porte del carcere si aprissero per tutti, i secondini li aggiornavano sull'andamento della guerra: l'Italia aveva firmato l'armistizio con gli inglesi e gli americani, la guerra era finita. I rombi dei cannoni, però, raccontavano cose diverse. Colonne di tedeschi in ritirata erano passati sotto le mura del carcere, qualche timida pattuglia alleata si era spinta fino a quel punto sopraelevato rispetto alla città, dal quale si aveva una vista magnifica su tutto il golfo: uno spreco per una prigione, una beffa per i prigionieri. A Salerno c'erano gli inglesi, quella era l'ultima notizia che aveva.

Tutti pensavano alla sorte delle loro famiglie; lui pensava di volere essere già oltre quel muro. La speranza di una scarcerazione di massa si materializzò all'improvviso: tutti fuori, si salvi chi può. Ladri, assassini, sabotatori e sobillatori: si salvi chi può.

Nemmeno delle guardie c'era più traccia, tutti via! Evaporati come gocce di sudore nel caldo asfissiante dell'estate. Le loro tracce, però, non sarebbero scomparse. Erano ben visibili sulle mura, sulle sbarre, sui tavolacci del carcere. Nel sangue sparso da quelli come lui e peggio di lui. Tra quelle mura dove l'aria moriva maleodorante, cariche di bestemmie e imprecazioni, le loro tracce sarebbero rimaste per sempre.

Tra quelle mura restava il sangue di Matteo, l'unico amico che aveva trovato. L'unico del quale era riuscito a fidarsi. Una simpatia istintiva e immediata per quel giovane beccato per un furtarello da niente, che non smetteva di parlare di sua moglie. Tre giorni prima di uscire lo avevano accoltellato nel bagno. Nessuno aveva visto niente, nessuno sapeva niente. Lui era accorso prima di tutti. Lo aveva preso tra le braccia e, mentre gridando gli chiedeva chi era stato, raccoglieva le sue ultime parole, il nome della sua donna: Gemma. Un fiotto di sangue e di schiuma rosastra gli aveva riempito la bocca e aveva smesso di respirare. Non era riuscito a salvarlo. In carcere bastava nulla per finire ammazzato. Matteo non era tipo da andare in cerca di guai, qualcuno lo aveva preso di mira e chissà per quale ragione gli aveva spezzato la vita.

Luigi aveva trent'anni, era un marinaio. La sua passione però erano le carte. Il gioco aveva assorbito gran parte delle sue energie. I suoi pochi anni, quando non era per mare, li aveva spesi dentro sale cariche di fumo, bestemmie e vino, dove ci si giocava anche la vita. E lui era bravo.

L'ultima partita gli fu fatale. In una bisca in via Filangieri a Napoli, al suo tavolo sedevano un gerarca, un funzionario tedesco e due mammasantissima dei quartieri spagnoli. L'errore fu vincere, la conseguenza scappare o morire. Lasciare i soldi non sarebbe bastato, doveva sparire. Salerno era vicina e sicura, ma la fortuna gli voltò ancora una volta le spalle e fu arrestato dalla milizia perché era senza documenti. Il ricordo di quell'ultima partita era impresso nella sua carne: la cicatrice che gli solcava la tempia, che quando il tempo cambiava gli pizzicava.

Luigi era fuori. Nell'aria c'era tutto il calore dell'estate. Era settembre, il quindici di settembre del 1943, e pioveva a scrosci forti e trasversali. Prima di riprendere la sua vita, aveva un posto dove andare, un'incombenza da assolvere: Gemma.

S'incamminò lentamente per le scale che scendevano fino al centro. Lungo la discesa c'era una vecchia cappella. La porta era sfondata, all'interno avevano trovato riparo alcune persone. C'era un fuoco acceso in una latta, quattro bambini seduti intorno a quel precario focolare. Alzarono gli occhi su di lui. Occhi neri, enormi e vuoti, infreddoliti, nonostante il caldo afoso, e impauriti. Tremavano. La più piccola allungò la mano verso una donna afferrando il lembo del vestito, unica certezza in quel mondo incerto e instabile. Un uomo magro come un chiodo, con i pantaloni troppo larghi tenuti su da un pezzo di corda, la canottiera bucata e lurida, raccolse un bastone da terra e si parò davanti all'ingresso.

I loro occhi si incrociarono. Luigi non abbassò lo sguardo, non lo faceva mai, sapeva bluffare bene. Provò a capire cosa passasse per la mente di quell'uomo. Il bisogno di difendere ciò che gli restava, la sua famiglia. Era intimorito, ma si sforzava di non mostrare paura. Stringeva l'arma improvvisata con troppa forza e le mani, magre, divennero bianche per lo sforzo.

Un tuono ruppe il silenzio, anticipando una scarica d'acqua ancora più forte.

L'uomo abbassò il bastone e indietreggiò, tornando a sedere accanto ai suoi figli, senza distogliere lo sguardo da Luigi. Capì che da lui non aveva nulla da temere.

Luigi riprese a camminare, lentamente, con la testa piena di immagini e pensieri, tutti con radici ben piantate nel passato, niente slanci sul futuro.

Non c'era nessuno in giro. La vita era volata via insieme all'eco delle bombe. Ruscelli d'acqua scendevano dalla parte alta della città allagando i vicoli, trasportando sporcizia, fango, animali morti e topi nuotatori.

Riprese a camminare lungo via Tasso e poi in via dei Canali. La strada era un fiume, sterpaglia e rifiuti si accumulavano a ogni ostacolo, dietro ogni angolo.

Due soldati alleati erano fermi davanti alla porta di un basso. Uno dei due era un nero, massiccio, denti bianchissimi. Accanto a loro c'era un uomo basso e tarchiato, fumava e contava soldi. Dall'interno uscì un militare che abbottonava la camicia e rideva soddisfatto.

«Adesso a chi tocca?» disse l'uomo guardando i due che aspettavano.

Il nero fece un passo avanti.

«Prima i soldi, paesa': money» disse l'italiano.

Il soldato infilò la mano nella tasca e tirò fuori alcune banconote.

Luigi passò davanti alla porta, guardò verso l'interno. La tenda che riparava l'ingresso era aperta. Vide un letto disfatto e seduta nel mezzo, immobile, con lo sguardo perso nel vuoto, le mani appoggiate sulle cosce, una ragazzina. Era pallida, i capelli chiari attaccati dal sudore alla fronte, non aveva più di dodici, tredici anni, ma poteva essere più piccola.

La visuale fu oscurata dall'imponente sagoma del soldato nero. L'uomo tirò giù la tenda.

Luigi respirò a fondo e continuò a camminare. La pioggia, l'acqua, un brivido di freddo. Nulla aveva senso, nulla era più come doveva essere.

Entrò in un vicolo. Non conosceva bene la città e non aveva l'indirizzo preciso della famiglia di Matteo. Avrebbe dovuto chiedere a qualcuno.

Un soldato, mezzo ubriaco, camminava barcollando nella sua direzione. Sorrideva e pronunciava parole incomprensibili. Quattro ragazzini comparvero dal nulla e sfrecciarono in direzione del militare. Lo circondarono come per un girotondo. Erano scalzi e vestiti di stracci, sommando i denti nelle loro bocche a stento raggiungevano i trenta. Vecchi vestiti da bambini, quella fu l'impressione che ebbe Luigi guardandoli.

Il più grande dei ragazzini si rivolse al soldato: «Ciao, paesa'! Tu vuoi donna, chiavare con donna bella, zizze grandi e bere vino?»

«Yes, donna bella, zizze e bere. Io pagare, io soldi» biascicò lui reggendosi al muro.

I ragazzini lo presero per mano e lo trascinarono via. Passarono accanto a Luigi ignorandolo. L'americano continuava a sorridere e a canticchiare.

«Ne hanno venduto un altro».

La voce alle sue spalle lo fece trasalire. Luigi si girò di scatto, ritrovandosi di fronte un uomo ben vestito di circa cinquant'anni, fradicio di pioggia. In mano stringeva una piccola valigetta di cuoio, aveva un paio di occhiali tondi e baffi ben curati. L'uomo portò la mano al cappello, sollevandolo leggermente.

«In che senso, venduto?» domandò Luigi.

«Questi scugnizzi valgono più di un esercito, ve lo assicuro. Se voleva vincere, Mussolini doveva mandare loro in guerra, assieme alle puttane» disse l'uomo sorridendo. «Adesso portano quel soldato da una prostituta, una vecchia che sta qua vicino. Quello, mezzo ubriaco, non farà neppure caso a quanto è brutta. I ragazzini si fanno pagare dalla donna perché le hanno procurato il cliente. Quando l'americano esce, più ubriaco di prima, lo portano in un vicolo, lo spogliano completamente e si prendono tutto. Poi vanno dalla polizia militare, si fanno dare qualche spicciolo e spifferano che ci sta un soldato ubriaco e nudo per strada. E così tirano a campare».

Luigi sorrise. I bambini erano sempre i più furbi, fino a quando potevano continuare a essere bambini, e ripensò alla faccia priva di espressione della piccola prostituta.

«Io sono il dottor Alfredo Guarracino» disse allungando la mano.

«Luigi Collina» rispose stringendogliela.

«Sembrate spaesato, non siete di Salerno?» domandò il medico.

«Sono appena uscito dal carcere e non sono di qua».

Il medico si irrigidì. Aveva sentito dire che il carcere si era svuotato e la cosa lo preoccupava.

«State tranquillo, io ero dentro per motivi "politici", diciamo così, non sono un delinquente» lo rassicurò Luigi.

Alfredo sorrise, poco convinto.

«Forse voi mi potete aiutare, sto cercando la famiglia di Matteo Ragusa. Ha una moglie che si chiama Gemma».

Il medico aggrottò la fronte e lo sguardo si fece sospettoso: «Perché la cercate?»

«Purtroppo ho una brutta notizia da darle: suo marito è morto».

Alfredo sospirò, si passò una mano sugli occhi, spostando gli occhiali sopra la fronte.

«E com'è successo?» chiese a mezza voce.

«Lo hanno accoltellato. Era un mio amico e vorrei essere io a dirlo alla moglie».

«Li conosco, venite con me!» disse il dottore avviandosi.

Luigi lo seguì in silenzio per qualche metro. L'uomo camminava svelto, affondando i piedi nel fango e nell'acqua.

«L'ultima notizia che ho è che la città è in mano agli inglesi» disse Luigi affiancando il medico.

«Inglesi, americani, fantasmi e ratti».

«Fantasmi?» domandò incuriosito.

«Fantasmi, avete capito bene. I salernitani sono andati via, la città è semideserta. Sono rimasti solo i disperati, quelli che non hanno nessun posto dove ripararsi, quelli che affidano la vita al destino, o a Dio, per chi ci crede ancora. Vedete, in città sono rimasti i fantasmi, quelli che prima erano uomini che si sforzavano di sopravvivere, e che ora si limitano ad aspettare qualcosa, qualcosa oltre le bombe. Vagano come anime in pena, senza trovare nulla da fare. Ma ci sono anche i ratti, "'e zoccole", come diciamo qua. Sono quelli che si muovono rasente ai muri, nell'ombra. Quelli che nelle difficoltà hanno fatto venire fuori la loro vera natura. Uomini che fanno cose orribili, i delitti più efferati. Poi, alla fine, ci stanno pure i nostri «liberatori», o sarebbe meglio dire conquistatori. Loro comprano tutto, anche le vite umane, con i dollari e le false lire stampate in America. La vita, caro mio, oggi non ha più valore di un pacchetto di sigarette americane».

Luigi non commentò.

«Voi di dove siete?» domandò il dottore.

«Napoli».

«Là è ancora peggio, ci stanno ancora i tedeschi» spiegò Alfredo.

Sbucarono in una strada più larga, nei pressi di una piazza con una grande fontana. La pioggia continuava a venire giù con forza. L'estate aveva riservato per Salerno il suo caldo afoso e il primo drammatico contatto con la guerra, che fino ad allora era stata vissuta sui giornali, alla radio o nei cinegiornali. Le bombe degli aerei e i colpi dei cannoni avevano sventrato palazzi, devastato strade e sradicato anime. Dalla sua cella Luigi aveva sentito i boati, visto le sagome grigie oscurare cielo e mare; aveva immaginato. Adesso era al centro di quelle ferite pulsanti.

«Ci siamo imbarcati in questa avventura della guerra come se si andasse a prendere una granita: le parate, i discorsi di mascellone, il piccoletto con la corona. L'impero. Tutte stronzate», disse il medico fermandosi e piazzando gli occhi acquosi e disincantati in quelli di Luigi. «Siamo tutti colpevoli, abbiamo contribuito tutti a mettere in scena questo teatrino, eravamo tutti entusiasti di Mussolini e delle sue idee».

Luigi non rispose. Non gli piaceva parlare, tanto meno filosofeggiare di politica. La sua mente era concentrata su quello che avrebbe dovuto dire alla moglie del suo amico. All'ingresso del portone di uno stabile fatiscente in via Porta di Mare, il medico si fermò.

«Gemma è una donna molto forte» disse appoggiando una mano sull'anta di legno scheggiato. «È una persona particolare... fuori dal comune».

«Che cosa intendete?» chiese Luigi.

Alfredo aveva l'aria provata e stanca, la pioggia continuava a inzupparlo ma pareva rassegnato. La puzza proveniente dalle fogne a cielo aperto era insopportabile.

«Lo vedrete da solo» disse il medico spingendo il portone. «Possiede un dono straordinario».

«Che dono?»

Alfredo non rispose. Entrò, facendo strada per le scale buie.

L'odore di muffa, misto a quello di escrementi, riempiva l'ambiente. Le scale erano viscide a causa della pioggia che s'infiltrava dal soffitto dell'androne.

Al secondo piano si fermò e si accostò a un uscio. La porta era aperta, la sospinse leggermente ed entrò. In quel momento, un'anziana che teneva per mano una bambina avanzò verso di loro. Aveva un sorriso soddisfatto e, quando vide il dottore, si prodigò in una specie di inchino: «Buon giorno, dotto', avete visto che tempaccio?».

«Buon giorno, Assunta» salutò Alfredo togliendo il cappello, «come sta la piccola?»

«Oggi bene, grazie a Dio, e a Gemma» rispose la donna, che poi uscì svelta, tirando la bambina per la mano.

Entrarono in una piccola cucina, illuminata da una lampada fioca appesa al soffitto. C'era profumo di rose in quella stanza. Un inspiegabile profumo, che strideva con tutto il resto.

Di spalle, vicino ai fornelli, c'era una donna. I capelli neri e lunghi le scendevano sulle spalle, aveva la linea snella e le spalle tornite.

«Buon giorno, Gemma». La voce del dottore risuonò nel silenzio del piccolo ambiente.

La donna alzò la testa, senza girarsi.

«Come va oggi?» chiese Alfredo.

Luigi era a disagio.

«Lo so perché siete venuti» disse la donna con un filo di voce, sempre senza voltarsi.

Luigi guardò il dottore sorpreso, lui annuì senza commentare.

«Dottore, sedetevi. Fate sedere anche il vostro amico, vi sto preparando il caffè».

«Sapevate che stavamo venendo?» domandò d'impulso Luigi.

Gemma si girò di scatto, fissandolo. La sua figura si stagliava su tutto il resto. Sembrava di guardare un fuoco assopito, che trovava sfogo solo negli occhi grandi e neri, inquietanti, diversi da tutti quelli che gli era capitato di vedere fino a quel momento. Era calma, ma s'intuiva l'energia che possedeva, qualcosa di selvaggio, di indomito, difficile da spiegare. Era così profondo quello sguardo, che non si poteva fare a meno di restarne incantati e incatenati. Il viso era solcato dalle lacrime.

«Lo sapevo» mormorò. «So anche di Matteo» e continuò a preparare il caffè.

Gemma portò in tavola due tazzine fumanti. L'odore era forte e invitante, era caffè vero, Luigi non ne beveva da tanto tempo. Gemma si mise a sedere, gli occhi bassi a guardare le mani intrecciate sul tavolo.

«Com'è successo?» chiese. La voce era un sussurro.

«Lo hanno accoltellato» rispose Luigi.

Gemma alzò lo sguardo e qualcosa nella sua espressione mutò. Un leggero tremito del labbro inferiore tradì un pensiero, una preoccupazione.

«Chi lo ha ucciso?».

«Non lo so. Io non ho assistito al fatto» disse fissandola.

«Perché lo hanno ucciso?» domandò con la voce tremante.

«Non credo ci sia un motivo preciso. In carcere basta uno sguardo, una parola male interpretata per irretire qualche mente malata. Là dentro la vita non ha valore» spiegò Luigi.

«E nessuno ha fatto niente per scoprire chi è stato?» domandò Alfredo.

«No. Purtroppo non c'erano guardie quando è accaduto e i detenuti, quando succede una cosa del genere, sono tutti sordi, ciechi e muti. Nessuno poi ha avuto interesse a indagare. Nella situazione in cui viviamo, pare che a nessuno importi se viene ammazzata una persona: morto più, morto meno, non fa differenza».

«Per forza, non c'è più polizia a controllare, niente di niente. Le Autorità sono state le prime a volatilizzarsi, lasciando che i più forti si facessero le loro leggi. E i più deboli a subire, come sempre» sentenziò il dottore.

Gemma sospirò e cominciò a piangere. Le lacrime uscivano dagli occhi chiusi, scivolavano sul volto pallido e cadevano sulle mani, ancora intrecciate sul tavolo.

Sulla soglia della stanza comparve una donna, che si fermò in attesa. Alfredo intuì la sua presenza e si alzò: «Oggi la signora Gemma è un po' stanca, tornate domani», disse parandosi di fronte a lei.

La donna annuì e andò via senza dire nulla.

2.

Il ragno tesse la sua tela, secondo natura. Aspetta paziente la preda, che arriva e resta intrappolata, impotente, in attesa dell'inevitabile fine. Nulla può mutare il suo destino, né la pietà né la sua abilità.

Alfredo e Luigi si ritrovarono sotto la pioggia battente. Si erano lasciati alle spalle le lacrime di Gemma e avanzavano nel pantano di via Da Procida.

«Una donna davvero particolare» commentò Luigi.

«Non solo particolare», aggiunse il medico, «straordinaria».

«Io però non ho capito, dottore, perché non mi spiegate?»

Alfredo indicò l'ingresso di una cantina: «Fatevi pagare da bere, togliamoci da sotto quest'acqua».

Al banco c'erano due soldati inglesi che contrattavano sul prezzo del vino con l'oste. I due urlavano e sbraitavano, perché secondo loro era troppo costoso. Erano già mezzi ubriachi e tirava una brutta aria. Uno dei due, esasperato, picchiò le mani sul banco e urlò: «italiani... merda».

L'oste si bloccò.

Alfredo tirò via Luigi, guidandolo verso il fondo del locale.

«Adesso ve ne dovete andare» disse l'oste fissando i due soldati.

Quello che aveva urlato l'insulto, allungò le mani verso di lui prendendolo per il collo.

Da un tavolo poco distante scattarono in piedi due uomini. Nelle loro mani comparvero due coltelli che scintillarono sotto la luce della lampada. In un momento li piantarono sotto la gola dei due soldati, accompagnandoli fuori e spingendoli via con un calcio. I due atterrarono nel fiume d'acqua che scorreva in strada, urlando improperi nella loro lingua. Si rialzarono, dirigendosi alla ricerca di un posto dove il vino fosse più a buon mercato.

«Ferdinando, portaci due bicchieri, di quello buono» ordinò Alfredo, visibilmente soddisfatto.

«Certo, dotto', non me lo dite neppure, la schifezza la riserviamo ai nostri "liberatori"» rispose l'oste con una risata sguaiata.

«Queste scaramucce sono all'ordine del giorno, ormai» spiegò Alfredo. «Prima i tedeschi, ora gli inglesi e gli americani, tutti si arrogano il diritto di scegliere e di decidere per noi. Tutti vogliono fare degli italiani quello che vogliono».

«Dotto', scusate, ma a me la politica non interessa proprio».

«Ah, eccone un altro che vive fuori dal mondo» s'infervorò, «il problema è che voi non vi interessate alla politica, ma quella si interessa a voi, e lo fa per fottervi».

Luigi sorrise, ma preferì troncare la discussione, era altro che gli interessava in quel momento.

«Parlatemi un po' di Gemma. Prima avete accennato a un dono, a delle qualità».

Alfredo bevve un lungo sorso del vino rosso che il garzone gli aveva servito. Fece schioccare la lingua in segno di approvazione e si concentrò sul suo ospite.

«La storia di Gemma è molto particolare. Sua madre si chiamava Matilde, era una tipa stravagante, morta pazza dieci anni fa. Nessuno sa precisamente da dove provenisse Matilde. Fortunato De Giorgis, uno degli uomini più ricchi della città, la portò a casa di ritorno da un'ispezione nei suoi possedimenti a sud. Era molto bella, bella e misteriosa. Si diceva che avesse delle capacità particolari, anche se non si sa veramente cosa facesse, era esperta nella preparazione di pozioni con le erbe. Fortunato era invaghito di quella donna e, dopo due anni di matrimonio, venne alla luce anche Ettore, il fratello di Gemma. Per un po' di tempo il marito innamorato non fece caso alle stranezze della moglie, ma poi... La costrinse a restare chiusa in casa per dieci anni, asserendo che era uscita di senno, è naturale che morisse. Matilde era già incinta di Gemma quando sposò De Giorgis. La versione ufficiale vuole che Gemma sia davvero figlia di Fortunato e che lui abbia messa incinta Matilde prima di sposarla. Le malelingue, invece, dicono che non è figlia sua. La verità non si conosce, ma sta di fatto che Fortunato l'ha trattata come sua figlia fin dal primo giorno».

«Voi come sapete tutte queste cose?».

«Sono stato il medico della famiglia De Giorgis per tanti anni. Gemma ed Ettore li ho visti nascere. Li abbandonai quando Fortunato decise di far morire sua moglie, chiudendola in casa. Non ero d'accordo e venni cacciato. Poi, tre anni fa, Gemma conobbe Matteo. Si sposarono subito e lei abbandonò la casa di suo padre. La mamma di Matteo, morta l'anno scorso, era una mia paziente e così ho incontrato di nuovo Gemma, fino ad allora non mi era stato più possibile».

«Ma Gemma che cosa ha che non va?» lo interruppe Luigi.

«Per carità, non ha proprio niente che non va! Lei possiede un grande dono: è una guaritrice».

Detto da un medico, da un uomo di scienze, quell'affermazione era bizzarra.

«Proprio così!» confermò il dottore. «Se ve lo dico io ci potete credere. Lei conosce le erbe, come sua madre, riesce a trovare rimedi per fare stare meglio le persone. La cosa in sé non è nuova, né strana, le erbe si usano da migliaia di anni, qui a Salerno abbiamo avuto la Scuola Medica che in fatto di rimedi naturali era conosciuta in tutto il mondo. Il prodigio sta nel fatto che alcune combinazioni le conosce solo lei. La mamma ha avuto il tempo di tramandarle queste antiche conoscenze. Una cosa prodigiosa».

«E come ve lo spiegate?»

«Non me lo spiego. E non ci voglio nemmeno provare. Chi va da Gemma sta bene, anche solo parlandole, guardandola negli occhi. Voi li avete visti gli occhi?».

Luigi ebbe un vuoto allo stomaco ricordando gli occhi della donna e la sua bellezza disarmante.

«Scusate, ma io non capisco: è una strega?»

«Ma non dite sciocchezze!» s'irritò Alfredo. «Vi ho detto che conosce le erbe, basta! È una specie di farmacista. Per il resto, vi assicuro, è una brava donna e ha sempre una parola di conforto, un consiglio buono per chiunque, per questo a tutti sembra di stare meglio quando vanno da lei. La medicina, caro amico, è fatta anche di suggestione. La mente può influire sul corpo molto più dei farmaci, questo è risaputo».

«E di suo padre che cosa mi dite? Come ha reagito quando la figlia ha deciso di sposare Matteo?»

«Molto male, stava per venirgli un colpo. È un uomo all'antica, un intrallazziere che si è barcamenato bene, senza mai compromettersi pienamente con il regime. La sua fortuna non ne ha risentito nemmeno durante la guerra. Al contrario del nome che porta, però, è tutt'altro che fortunato. È molto malato ai polmoni. Era ricoverato al Sanatorio Da Procida fino a pochi giorni prima dello sbarco, poi ha preferito tornarsene a casa e ha fatto bene. Il Sanatorio è ancora un campo di battaglia tra tedeschi e inglesi».

«Quanto malato?» chiese Luigi.

«Abbastanza, non so quanto potrà ancora vivere, nessuno può dirlo. Certe malattie non perdonano, all'improvviso potrebbe aggravarsi. Oltre ad aver perso la figlia, tempo addietro perse anche il figlio, in un certo senso».

«Morto?» l'interruppe Luigi.

«Macché morto! Omosessuale. Una tragedia per quell'uomo così integerrimo e legato alle tradizioni. Figuratevi la vergogna quando Ettore fu addirittura arrestato, perché, come sapete, il regime non tollerava. A Fortunato la natura di suo figlio non è mai andata giù, per lui è sempre stato motivo d'imbarazzo. Figuratevi che alla sua morte, se Ettore non si sarà sposato e avrà avuto un figlio, per garantire che il nome della famiglia non vada perduto, non otterrà nulla. Fortunato glielo ha detto in faccia, davanti a molti testimoni e pare che ci sia anche un testamento nel quale è tutto stabilito».

«E per Gemma?»

«Non vi so dire. Credo abbia diritto a una parte dell'eredità anche se, adesso che se n'è andata di casa e si è sposata senza il consenso di Fortunato, probabilmente le cose sono cambiate. Ma anche per Ettore, ormai, il tempo stringe, la malattia del padre sapete...».

«E se muore prima che il figlio si sposi, che succede?»

Alfredo si strinse nelle spalle e bevve ancora. «Magari andrà tutto a Gemma, o in beneficenza, chi lo può dire».

«Che bella storia...» chiosò Luigi, alzando il bicchiere e bevendo.

Il vino forte gli fece bruciare lo stomaco, erano due giorni che non mangiava. In prigione il rancio era scarso, ma almeno quotidiano.

Un violento tuono scosse l'aria, la luce delle lampade

tremò per qualche istante, all'esterno il temporale non accennava a finire.

«E di voi, che cosa mi dite. Quella, come ve la siete fatta?».

Il dottore indicò la profonda cicatrice che solcava la tempia destra di Luigi.

«C'è poco da dire. Sono un marinaio, ma l'ultimo viaggio era verso la morte, su un convoglio che andava in Africa, quando ormai in quella terra avevamo già perso la guerra e ho deciso di non salpare. Sono scappato da Napoli a Salerno, dove sono finito in carcere. La cicatrice è un ricordo di viaggio, nulla di grave» mentì.

«Una vita avventurosa» commentò sorridendo il dottore.

Luigi sorrise e bevve ancora.

«Dove siate alloggiato?»

«Da nessuna parte. Ho fatto quello che dovevo, ho parlato con Gemma e adesso vorrei tornare a Napoli».

«Adesso è impossibile. La città è ancora in mano ai tedeschi. Dovrebbe essere questione di giorni ormai, gli Alleati stanno risalendo e presto saranno a Roma».

«Allora temo che avrò bisogno di un alloggio».

«Bene, per stanotte sarete mio ospite. Vivo da solo e la casa è abbastanza grande».

Il dottor Alfredo Guarracino viveva in un palazzotto nei pressi del Duomo di Salerno. L'appartamento al secondo piano affacciava proprio di fronte l'ingresso principale della cattedrale dedicata a San Matteo. Durante il tragitto Luigi apprese che il medico aveva lavorato come primario presso gli Ospedali Riuniti. Da due anni si dedicava ad assistere i bisognosi nella parte più povera della città, senza pretendere nulla in cambio. Non si era mai sposato, amava troppo la sua professione per dividere il tempo con una donna.

La pioggia aveva dato una breve tregua e una pallida luna provava ad affacciarsi tra le nuvole. Il caldo tornò a riempire strade e polmoni, rallentando tutto.

Luigi si sistemò sul divano, il dottore gli portò delle lenzuola pulite e un cuscino.

«Certo è difficile credere che un uomo mite come Matteo sia stato ucciso così. Per quel poco che lo conoscevo non riesco a crederci, non era tipo da andare in cerca di guai» commentò Alfredo mettendosi seduto in una vecchia poltrona.

«Ve l'ho detto, in carcere sono cose che possono succedere» disse Luigi. «Mi dispiace solo di non essere stato presente al momento del fatto. Forse avrei potuto impedirlo, magari lo avrei potuto salvare».

«Non vi sentite in colpa. Come avete detto prima, sono cose che in carcere possono succedere».

Il viso agonizzante di Matteo era un continuo richiamo per Luigi.

«Evidentemente lo avevano preso di mira, magari c'era qualcuno che lo voleva morto e hanno approfittato della situazione. Come hanno fatto a fare entrare un coltello in carcere?» chiese Alfredo.

«Nelle ultime settimane i controlli erano diventati praticamente nulli, poteva entrare qualunque cosa là dentro» spiegò Luigi.

«Vi auguro la buonanotte!» disse Alfredo alzandosi e scuotendo la testa.

3.

Il ragno aspetta che le forze della sua preda vengano meno, attende paziente, affamato brama nuova linfa. La preda si agita, prova a liberarsi, ma non fa che avvicinare la sua fine.

La prima notte da uomo libero non regalò a Luigi il riposo che sperava. Il divano era comodo, ma la sua mente si era persa dietro immagini sfuocate e aberranti, ritrovandosi poi in quelle nitide degli occhi di Gemma. Ci era sprofondato dentro risvegliandosi di soprassalto. Nei suoi pensieri si era aperta una voragine, con delle domande insistenti: Chi aveva ucciso Matteo? E perché?

L'odore del caffè preparato da Alfredo lo svegliò definitivamente. Distese i muscoli intorpiditi e bevve il caffè. Il dottore gli porse una sigaretta, poi tutto il pacchetto.

«Tenetelo, a me li regalano. Che programmi avete?» domandò il dottore.

«Vorrei parlare con un uomo che stava in carcere, si chiama Cesare Savastano e faceva il barbiere. Forse lui mi sa dire qualcosa di più sulla morte di Matteo».

«Certo, i barbieri sono sempre stati un po' il punto di raccolta delle informazioni. Ma come mai avete deciso di volere approfondire la questione?» commentò Alfredo.

«Non lo so. Il suo volto e le sue ultime parole continuano venirmi in mente. Poi c'è Gemma...».

«Certo, è una disgrazia per lei. Adesso è rimasta sola» disse il dottore.

«Credo che Matteo meriti almeno che qualcuno capisca come e perché è morto. Certamente lo merita sua moglie» considerò Luigi. «Se non sbaglio, quel mio amico, quando stava fuori lavorava presso il salone dei fratelli Papa, sapete dov'è?».

Cesare Savastano, che in carcere aveva il compito di occuparsi di capelli e barbe dei detenuti, non era barbiere, ma apprendista presso una barberia in via Tasso. Era stato arrestato per rissa: una questione di donne. Cesare, durante il suo lavoro in galera, apprendeva molte notizie, spesso in maniera casuale e involontaria. Tra una barba e un taglio di capelli, i carcerati parlavano dei fatti loro senza nemmeno accorgersene. Chiunque volesse informazioni era a lui che doveva rivolgersi.

Via Tasso era all'ombra. L'odore del mare era appena percettibile, la brezza si allungava sulla città, faceva sventolare le lenzuola stese ad asciugare su fili di ferro tesi da un balcone all'altro, sagome di fantasmi che si agitavano nell'aria sopra le teste dei vivi. La barberia Papa era molto frequentata quella mattina, soprattutto da soldati inglesi. Cesare era intento ad assistere il più grande dei due fratelli che la gestivano, sotto lo sguardo attento e vigile del capofamiglia, Tommaso Papa.

Luigi fece capolino nella bottega. Cesare appena lo vide cambiò espressione e il sorriso, che aveva stampato in faccia per contratto, scomparve. Gli fece cenno di aspettare.

«Luigi, che ci fai da queste parti?»

«Ciao, Cesare, come stai?»

«Bene, ho ripreso a lavorare, grazie a Dio. E tu, non sei ancora tornato a Napoli?»

«Lo sai perché sto ancora qua, non è vero?» disse fissandolo.

Cesare si guardò intorno intimorito, con la paura che qualcuno potesse ascoltarli o vederli. «Aspetta, dico che devo fare una commissione e vengo».

S'incamminarono lungo via Tasso, allontanandosi dal salone.

«Io lo so quello che vuoi, ma è pericoloso!» esordì Cesare mettendosi a sedere sullo scalino di un portone.

«Questo non deve riguardarti».

«Invece mi riguarda. Io parlo di pericolo vero: lame di coltelli e piombo di pistole».

«Io devo sapere chi ha ucciso a Matteo e perché» replicò Luigi, sbattendo un pugno sul muro.

«Tu lo vuoi sapere e... io te lo dico. A Matteo lo ha ucciso Antonio Trebbia, detto Saponetta, per via delle mani che gli sudano in continuazione».

«Me lo ricordo» confermò Luigi, «ricordo bene la sua faccia».

«Bravo, e non te la scordare, perché è persona assai pericolosa».

«Perché lo ha ucciso?».

«Il motivo non lo so, ma è un ordine che è venuto da fuori. Saponetta è stato pagato per uccidere Matteo».

Fu come un pugno allo stomaco. Il pensiero latente che sfiorava in continuazione la parte razionale della mente di Luigi, venne a galla in tutta la sua drammaticità: un omicidio su commissione.

«Pare che durante un colloquio, una settimana prima del fatto, la sorella di Antonio sia riuscita a fargli avere un coltello. Lo sai che i controlli si erano fatti più blandi e la voce di una scarcerazione di massa era già in circolazione» continuò Cesare.

«Ne sei certo? E chi lo ha pagato?».

«Questo non lo so. Ma la cosa è certa, l'ho sentito dire proprio a lui e si vantava pure» spiegò Cesare.

«Dove lo trovo?» domandò d'impulso.

Cesare scattò in piedi: «Ma tu sei pazzo, vuoi farti ammazzare? Lo sai che con questa gente non si scherza. Che cerchi, vendetta?».

«Magari solo giustizia, ma questi non sono fatti tuoi e preferisco non dirti nulla, potresti ritrovarti nei guai. Dimmi solo dove lo posso trovare».

Cesare si passò una mano sugli occhi e poi sulla fronte, asciugando le gocce di sudore che la imperlavano.

«Saponetta gira di bisca in bisca, perché gli piace giocare. Di solito frequenta quella in via Giovanni Da Procida».

«Cesare, ho bisogno di un altro favore».

Il giovane restò a fissarlo in silenzio.

«Mi serve una pistola».

Luigi ridiscese Via Dei Canali diretto in Via Da Procida. Era in preda all'ira, il senso di colpa per non essere riuscito a salvare l'amico si faceva sempre più pressante, gli comprimeva i polmoni e la testa.

Si fermò, attratto da una combriccola di ragazzini appostati in uno spiazzo nei pressi di una chiesa molto antica e malandata. Accanto alla struttura sorgeva un insolito campanile, tozzo e più basso della chiesa stessa. L'ingresso era rialzato rispetto alla strada, per accedervi era necessario salire una rampa di scale. Un camion militare era parcheggiato proprio nello spiazzo. Alcuni soldati trasbordavano ceste di pane dalla bottega di un fornaio che stava proprio nei locali sotto la chiesa. Quando il lavoro dei soldati finì, cominciò quello dei ragazzini. Il mezzo, a causa delle dimensioni, doveva fare diverse manovre per tornare sulla strada. In quel frangente due ragazzini sgattaiolarono all'interno del camion e cominciarono a buttare fuori pagnotte di pane, prontamente raccolte al volo dagli altri. Quando finalmente il mezzo fu in posizione ottimale per avviarsi, era vuoto quasi per metà. I ragazzini esultanti corsero via con il bottino.

«Ciò che accade alle spalle è difficile da vedere», fu la riflessione che fece dopo aver assistito alla razzia del pane. Anche per Matteo era stato così. Qualcosa si muoveva nell'ombra, alle spalle, e aveva ordito quell'omicidio. Riprese a camminare veloce.

Il pomeriggio era tranquillo. Le poche botteghe in attività avevano chiuso i battenti e la strada era deserta. Il sole filtrava a tratti nelle anguste strade del centro antico, ancora invase dal fango, dall'immondizia e dalle macerie.

Il portone dove si trovava la bisca era situato poco prima di un arco, alla cui sommità era raffigurata una Madonna, sfregiata dal tempo e dall'incuria. Un uomo sorvegliava l'ingresso, ma era l'unico. Per strada non c'erano i *pali*, uomini scaltri e abituati a riconoscere uno sbirro anche in borghese. Appostati agli angoli della via, il loro compito era di dare il segnale di pericolo, un fischio concordato che avvertiva dell'arrivo degli sbirri. Polizia in città non ce n'era, quelle precauzioni erano inutili, il malaffare prosperava indisturbato e tutti ne approfittavano come meglio potevano.

Una jeep con due soldati a bordo sfrecciò accanto a lui alzando una nuvola di polvere.

Luigi si appostò all'angolo della strada, aveva un buona visuale del portone e si predispose ad aspettare. Le ore trascorsero lente, cambiò posizione più volte, per evitare che la sua presenza potesse insospettire qualcuno, ma Saponetta non arrivò.

L'ansia e l'attesa consumarono le sue energie fisiche e nervose. Decise di desistere per quel giorno, sarebbe tornato in un altro momento. A passo veloce tornò verso l'appartamento di Alfredo.

Un corteo di Jeep attraversava la piazza del Duomo tra una piccola folla di curiosi. Luigi aspettò che passassero, poi entrò nel portone.

«Pare che il Governatore della città, un certo colonnello Lane, un inglese, sia stato convocato dall'Arcivescovo Monterisi» lo informò Alfredo, che aveva assistito al corteo militare dal suo balcone.

«Forse doveva confessarsi» ironizzò Luigi.

«No, sembra che Monsignore sia preoccupato per l'ordine pubblico, soprattutto da quando le carceri si sono svuotate. I tuoi compari ne stanno combinando di tutti i colori» spiegò con una smorfia ironica il dottore.

«La cosa non mi stupisce. I personaggi che ho conosciuto in galera non vedevano l'ora di tornare in azione, recuperare il tempo perso» commentò Luigi.

«Com'è andata la vostra giornata?».

Luigi riepilogò i suoi spostamenti e le notizie apprese da Cesare.

«L'omicidio è stato eseguito su commissione. Qualcuno da fuori ha deciso che Matteo doveva morire».

«Questa cosa è assurda» disse sconvolto Alfredo. «Chi poteva volere la morte di Matteo e perché?».

«Per sapere la verità devo scovare Antonio Trebbia. Lui conosce il nome del mandante dell'omicidio di Matteo. Voi che cosa sapete della sua vita, magari aveva dato fastidio a qualche pezzo grosso» ipotizzò Luigi.

«Non era certo uno stinco di santo, ma per quello che ne so, i suoi erano piccoli lavoretti, non credo sia mai venuto a contatto con la malavita vera, anche se non mi sento di escluderlo in maniera assoluta» spiegò Alfredo.

«Mi avete detto che Gemma ha un fratello, Ettore, e che è omosessuale. Che altro sapete su di lui?»

«Ben poco. Non vive più a casa di suo padre da anni, ma è molto tempo che non ho sue notizie. Ma perché vi interessa?».

«Solo curiosità. Come posso fare per ottenere informazioni su di lui?».

Il dottore si fermò a pensare, massaggiandosi la fronte con la mano.

«Forse potrebbe aiutarci Luisella» disse all'improvviso.

Luigi lo guardò, aspettando il seguito.

«Luisella, in realtà si chiama Mario Porpora, è un travestito molto conosciuto in città, tollerato perfino dal regime. Sul finire degli anni trenta andava per la maggiore e tra i suoi clienti c'erano molti pezzi grossi del partito cittadino, amanti della sua doppia natura, quella femminile e quella maschile. Lui, quelli là, li conosce tutti».

«Dove la trovo?»

«Esercita nel vicolo delle Galesse, domani vi ci accompagno io, anche lei è mia cliente».

4.

Il momento si approssima rapido. L'energia lentamente scivola via dal corpo della preda; la spossatezza provoca immobilità. La rassegnazione prevale. I sensi, uno a uno, smettono di essere tali, arriva il sonno. Il ragno, fermo, osserva. Secondo natura.

Un'altra notte era trascorsa lenta. Luigi non riusciva ad abituarsi a quella condizione. Più volte era stato tentato di alzarsi e uscire. Alla fine aveva desistito, rassegnandosi alla veglia.

«Il programma di oggi prevede una bella passeggiata» disse Alfredo con un sorriso bonario stampato in faccia, porgendo la tazzina con il caffè a Luigi.

«Sono curioso di saperne di più su Ettore De Giorgis. Se non vi dispiace mi piacerebbe parlare subito con quel vostro amico, Luisella».

«È quello che pensavo, ma attenzione», precisò il medico, «non è un amico, ma un paziente. Io sono di idee democratiche, ma non esageriamo. Vestiamoci e andiamo».

Luigi sorrise, per la prima volta da mesi. Il dottore gli piaceva, lo ammirava per tutto quanto tentava di fare per dare sollievo ai disgraziati di quella città, a coloro che erano rimasti senza nulla. Ed erano in molti.

Il vicolo delle Galesse non era accogliente, ma la presenza del dottore funzionava da lasciapassare. Sguardi sospettosi, bisbigli, due scugnizzi che appena li videro scapparono via, forse a riferire della loro presenza a qualcuno. I palazzi erano malridotti e non era colpa della guerra, lo erano già da prima. L'odore di umidità e di immondizia rendeva l'aria irrespirabile. In quel posto non entravano nemmeno i soldati. Tutto era rimasto intatto, immobile, con il tempo a consumare lentamente quelle mura e i suoi abitanti, a nascondere gli eterni traffici, i baratti di miserie e di vite, la spartizione di bottini ottenuti nelle altre zone della città. Un mondo a parte, come tutto quello che si nascondeva in quei vicoli, lontano dagli occhi di qualunque legge o stato, termini che lì non avevano alcun significato.

Alfredo accennò un saluto a delle donne che se ne stavano sedute in un basso, al riparo della pioggia. Loro ricambiarono con un lieve inchino del capo, senza mutare l'espressione delle facce e senza parlare. Un portoncino spalancato, grande appena il necessario perché ci passasse una persona, era la loro meta finale. Il dottore fece strada al buio e dopo una rampa di scale si fermò. Bussò con le mani a una porta aperta. Dall'interno una voce sottile disse di entrare.

«Dottore caro, che bella sorpresa!» lo accolse Luisella andandogli incontro.

Il suo fisico non aveva nulla da invidiare a quello di una donna vera. Snello e slanciato, con un notevole stacco di gambe, i capelli innaturalmente rossi, lunghi e ondulati. Il viso aveva i lineamenti gentili, con zigomi alti e occhi leggermente obliqui. Indossava una sottoveste semi trasparente che lasciava scoperte le spalle. Il trucco, ancora da completare, non nascondeva completamente la ricrescita della barba.

Alfredo gli strinse la mano, poi lo sguardo di Luisella si fissò su Luigi.

«Mi avete portato un cliente?» chiese maliziosa.

«Lui è un amico ed è qui perché abbiamo bisogno di avere qualche informazione».

Lo sguardo si rabbuiò e cambiò espressione, passando

dalla sorpresa alla preoccupazione. Anche la voce subì una leggera mutazione, subito corretta. Parlare continuamente in falsetto doveva rappresentare uno sforzo notevole per lui.

«E perché venite da me, vi risulta che io sia un confidente, o faccia la spia in giro?»

«Stai calma» la tranquillizzò il dottore. «Non devi fare nessuna spia e lui non è un delegato di polizia. Diciamo che ho pensato a te, perché forse conosci certe persone... diciamo... certi ambienti, un poco meglio...»

Alfredo era imbarazzato e non trovava le parole per formulare la domanda in modo corretto, senza urtare la suscettibilità di Luisella.

«Dotto', scusate, ma parlate chiaro, non abbiate paura. Voi con me siete sempre stato buono e mi avete aiutato. Se posso sdebitarmi lo farò, purché non si tratti di mettere nei guai qualcuno».

«Sì, grazie, ecco...»

«Vorremmo avere qualche informazione su Ettore De Giorgis» intervenne Luigi, andando subito al nocciolo della questione.

Luisella sorrise, portando una mano alla bocca e accarezzandosi la faccia. Forse solo in quel momento si accorse che la barba stava ricrescendo. Spalancò gli occhi e sbuffò: «Non ci sta niente da fare, per quanti sforzi si fanno, la natura segue sempre il suo corso...» disse sconsolata.

La voce risuonò profonda e maschile, aveva abbandonato il tono in falsetto, sconfortata da quell'episodio. Il cambiamento turbò Luigi, che ne restò sorpreso, ma non il dottore, evidentemente abituato a quei mutamenti vocali.

«Dotto', quando parlavate di certi ambienti, vi riferivate a quelli come me? Non vi preoccupate, lo avevo capito. Il figlio di Fortunato De Giorgis, quello ricco assai, si vedeva fin da piccolo che... e il padre se ne accorse subito. Quel vecchio porco dette tutta la colpa alla moglie, dicendo che era stata lei a farlo diventare così, senza sapere che a volte ci si nasce pure, è giusto dotto'?».

Alfredo annuì distrattamente. Chissà quante volte aveva ascoltato gli sfoghi di Luisella, pensò Luigi guardandolo.

«So che Ettore, nonostante tutte le conoscenze del padre, quando ancora ci stavano i gerarchi ebbe dei grossi problemi. Se non è finito in carcere, o peggio, lo deve proprio alle amicizie che suo padre aveva tra quelli. Comunque passò delle brutte giornate».

«Questo il dottore me lo ha già detto, cosa accadde di preciso?» domandò Luigi.

«Quelli della milizia lo aspettarono sotto casa e se lo portarono in caserma, dove restò per due giorni e, si dice, se la sia vista davvero nera».

Era facile intuire ciò che accadde al giovane tra le mura di quella caserma.

«Ma pare che qualcuno lo denunciò, perciò lo arrestarono» aggiunse Luisella.

L'attenzione di Luigi aumentò. «E chi lo denunciò?».

«Dicono che sia stato il marito della sorella, Matteo Ragusa».

Luigi restò a bocca aperta. Ripercorse mentalmente i giorni trascorsi con l'amico in prigione. Nulla del suo carattere e del suo modo di essere gli avrebbe mai fatto pensare che potesse essere capace di un tale gesto. Cosa avrebbe potuto spingere l'amico a denunciare il cognato?

«E perché lo avrebbe fatto?».

Luisella si strinse nelle spalle.

«Ma questa cosa è sicura?» domandò Alfredo.

«Dotto', questa è la voce che circola, io mica l'ho vista la denuncia» disse Luisella.

«Adesso Ettore che cosa fa, sai qualcosa di lui?»

«Come no! Il giovanotto, a quanto ne so, si è fidanzato» annunciò sorridendo.

Alfredo e Luigi si guardarono stupiti.

«Con un bel ragazzo» precisò divertito. «Si chiama Benito Aprile, è il figlio di Maddalena Serra, quella che prima della guerra teneva un bel bordello alle spalle di via dei Mercanti, vicino alla chiesa del Crocifisso» disse fissando il dottore, come se fosse convinto che conoscesse quel posto.

Alfredo con un gesto della mano lo sollecitò ad andare avanti.

«Nella casa c'era un bel movimento, ma poi le ragazze l'abbandonarono e la povera Maddalena accumulò debiti su debiti. È rimasta con quattro zoccole vecchie, che nemmeno gli americani ubriachi vogliono. Sapevo che il ragazzo aveva quel tipo di tendenza, la voce circolava da tempo. Forse a stare sempre a contatto con le femmine, visto che è cresciuto nel bordello, alla fine si è convinto di esserlo pure lui; oppure ha capito che gli uomini sono solo dei porci in cerca di piacere tra le gambe di qualcuna, che li fa godere come le mogli non possono, non sanno o non vogliono fare. Con rispetto parlando! Voi siete sposato?» domandò indicando Luigi.

«No, non sono sposato! Ma questo Benito starebbe assieme a Ettore, ne siete sicura?».

«Certo che ne sono sicura! Questa non è una città, è solo un paese più grande. Qui tutti sanno tutto di tutti. A noi la radio non ci serve, per trasmettere le notizie» chiosò ridendo.

«E di 'sto Benito, Luise', che altro ci puoi dire?» domandò

Alfredo.

«Vi posso dire che ha contribuito ad aumentare i problemi economici della mamma. Gli piace giocare a carte e, ovviamente, perde. La mamma lo ha coperto molte volte pagandogli i debiti, per evitare che finisse male. Questo però nel passato, fino a un paio di anni fa. Ma visto che si è fidanzato con il De Giorgis, il problema dei soldi non ce l'avrà più, sbaglio?»

«Grazie, siete stata molto utile» disse Luigi girandosi e andando verso l'uscita.

Alfredo salutò svelto Luisella e seguì l'amico.

Furono di nuovo sotto la pioggia, investiti dall'odore pestilenziale di cavoli bolliti proveniente dalla porta spalancata di un basso. La superarono alla svelta, trattenendo il respiro.

«Perché siete andato via così di fretta?» domandò Alfredo.

«Ho deciso che voglio parlare ancora con Gemma, voglio sapere che tipo di rapporto ha con il fratello e se è vero che Matteo lo denunciò. E devo trovare quel maledetto Antonio Trebbia, lui sa!» disse risoluto Luigi.

Le parole di Luisella in qualche modo gli avevano aperto la mente.

I messaggeri, i telefoni viventi, in città erano i ragazzini. Uno si avvicinò a loro di corsa e strattonò il dottore per la giacca.

«Isidoro, dotto', vi cerca perché sua figlia sta molto male» fu il messaggio recapitato prima di sparire di nuovo, inghiottito dalla strada e dalla pioggia.

Alfredo senza perdere tempo prese a camminare a passo svelto, Luigi lo seguì.

Davanti al basso non c'erano più i soldati ad aspettare il loro turno. Davanti al basso c'erano tre donne vestite di nero, con il capo chino e una corona di spine tra le mani. Davanti al basso c'era silenzio, e odore di morte vestita a festa.

Dentro, l'aria era satura di odori: sudore acido, cibo, vino e sangue.

Sul letto disfatto, la bambina giaceva di fianco, addormentata per sempre. Sotto di lei una macchia larga e scura, la vita era scivolata via quella notte. I capelli chiari le coprivano la fronte e non era più sudata, non più! Un braccio pallido e inerme, allungato stancamente sul cuscino. La mano stringeva ancora una bambola di pezza con una gamba scucita: l'unico legame con la sua età, il compromesso tragico tra la puttana e la bambina. Gli occhi chiusi, un lieve sorriso, il volto sereno della libertà, finalmente. Forse stava sognando quando era arrivata la morte. Di quei sogni che fanno i bambini, senza capo né coda. Fatti di colori, giochi e voci, di carezze e certezze. Sogni di bambini. Forse non se n'era nemmeno accorta. Forse, quando era successo, era sola come sempre...

Alfredo le andò vicino, ma c'era poco da fare. Le accarezzò i capelli delicatamente, con il rispetto dovuto a quella morte oscena. Gli occhi del medico vedevano la morte; il cuore vedeva la bambina. Piangeva.

Si girò in cerca di qualcuno della famiglia, di quel padre!

Isidoro era rannicchiato in un angolo, invisibile agli altri e a se stesso. Le mani davanti alla faccia e i singhiozzi che lo scuotevano.

Alfredo si avvicinò. Le mani gli tremavano. Le strinse a pugno e le alzò contro l'uomo. Restò immobile, con il corpo che vibrava per la tensione, ma non colpì. Sospirando, le lasciò cadere lungo i fianchi. Sputò davanti ai piedi dell'uomo.

«Meriteresti di morire, ma sarebbe troppo facile per te.

Sarebbe troppo accostarti a lei in questo viaggio. Spero che l'immagine di tua figlia ridotta così, ti venga in sogno ogni notte. Questa sarà la tua condanna!».

Luigi lo seguì fuori, confuso. Il dottore chiese alle donne presenti di andare a vestire la creatura, prima che diventasse troppo rigida. Le preghiere mormorate si fermarono a mezz'aria. Dio si chinò su quella casa, reclamando il suo nuovo angelo per strapparlo all'inferno.

Camminarono in silenzio. Alfredo si fermò a bere a una fontana. Nuove nuvole si muovevano veloci sospinte dal vento. Correvano, come il tempo che guarisce tutto, lasciando tutto uguale.

«Quell'uomo meritava di morire» disse Luigi, ancora disgustato.

«È già morto!» esclamò Alfredo, asciugandosi il sudore con il fazzoletto. «Io me ne vado a casa, voi che fate?»

«Vado a parlare con Gemma».

5.

Il ragno si avvicina alla sua preda, secondo natura. Asseconda la natura, il ciclo della vita e della morte.

Luigi si avvicinò alla porta. Dall'interno udì il rumore di piatti. Chiese permesso ed entrò. Gemma alzò lo sguardo su di lui. Era serena e sorrideva. Un sorriso malinconico, che aveva conosciuto certamente una luce migliore.

Luigi pensò che era bella. Il volto pallido e regolare; il corpo perfetto. L'abito scuro di fattura dozzinale, non dissimulava per nulla le sue forme generose e proporzionate. Era attratto da quella donna, in maniera inevitabile.

«Scusatemi, se sono venuto senza avvisare» disse abbozzando un lieve inchino con il capo.

Gemma gli fece cenno di entrare e di mettersi seduto.

La cucina era pulita. Pentole di rame appese ai chiodi, piatti impilati in una credenza. Una fila di boccette di vetro, con liquidi di diverse colorazioni, erano disposte sul ripiano di uno scaffale. Quattro o cinque libri, molto vecchi a giudicare dal colore e dallo stato, sul ripiano superiore.

Il profumo di spezie era gradevole. Dopo un po' ci si abituava. Luigi si sentì stranamente rilassato.

Gemma prese una delle boccette di vetro con l'imboccatura larga. Conteneva del liquido verdognolo, ci inzuppò uno stoppino e gli diede fuoco. Una fiamma azzurrina e lieve vibrò debolmente e nell'aria si diffuse un profumo di menta.

«In questa casa passa molta gente» spiegò, «questa sostanza la utilizzo per purificare l'ambiente da... da tutto, insomma. A cosa debbo la vostra visita?» domandò, mettendosi a sedere di fronte a Luigi.

Gli occhi puntati in quelli dell'uomo. Luigi si sentì svuotato, fece un grosso sforzo di concentrazione per mettere assieme le idee.

«Ho delle domande da farvi».

Gemma non parve sorpresa.

«Voglio capire perché è morto Matteo».

Ancora silenzio. Lei continuava a fissarlo, in paziente attesa. Lui abbassò lo sguardo.

«Conosco il nome dell'assassino di Matteo: si chiama Antonio Trebbia, detto Saponetta. Ma ha agito su un ordine venuto da fuori. Non conosco che vita conduceva Matteo all'esterno dalla prigione, ma c'è una persona che lo voleva morto».

Gemma zitta, continuava a fissarlo.

«Voi non sapete se ha fatto uno sgarro a qualcuno?».

«Impossibile!» rispose lapidaria.

«In che rapporti era Matteo con vostro fratello Ettore?».

«Perché me lo chiedete?» chiese lei calma.

«Pare che qualche anno fa Matteo lo denunciò perché era omosessuale, ed Ettore trascorse due giorni in prigione e solo grazie alle amicizie di vostro padre ne venne fuori».

Tirò un profondo respiro. Mettere insieme quelle poche parole gli era costato uno sforzo notevole. Il volto della donna lo metteva a disagio.

Gemma sorrise e scosse il capo. Abbassò gli occhi, fissando le mani intrecciate sul tavolo.

Il riflesso della fiammella azzurrina si riverberava sul soffitto, il profumo di menta si faceva più intenso.

Rispose con voce dura e decisa: «La storia di quella denuncia è vecchia, e io sono certa che non fu Matteo a sporgerla, non fu lui il delatore, perché non aveva nessun motivo per farlo. Questo però ha poca importanza. Matteo rubava, lo so, ma non si è mai invischiato con la malavita, non ha mai sgarrato con quella gente. Se poi state insinuando che potrebbe essere stato mio fratello a farlo uccidere, non mi sento di escluderlo, visti i rapporti che ci sono tra noi, ma il motivo non credo sia la vendetta per quella denuncia. Ettore mira all'eredità, a tutta l'eredità. Mio fratello e il suo amichetto sono sempre in cerca di soldi, l'eredità gli garantirebbe rendite tali da non doversi più preoccupare. Ci sono delle disposizioni precise che lo riguardano».

Luigi annuì: «Me ne hanno parlato».

«Certo, la cosa è risaputa, visto che mio padre lo ha dichiarato davanti a tutti: per ereditare deve sposarsi e avere un figlio, prima che nostro padre muoia. La cosa è un po' complicata e il tempo stringe».

«Ma perché prendersela con Matteo?» chiese Luigi.

«Senza di lui sono rimasta sola, sono più vulnerabile. Magari la prossima a essere ammazzata potrei essere io. Al momento, a parte le disposizioni che riguardano mio fratello e che mio padre ha rese pubbliche, nessuno sa che cosa c'è scritto nel testamento. Nessuno sa dove sia questo documento e nemmeno se esiste davvero. È possibile che mio padre mi abbia diseredato perché sono andata via, ma ha poca importanza. Io non lo so perché Matteo è stato ucciso, lui voleva solo mandare avanti la nostra famiglia, avere dei figli... Per quanto mi riguarda, però, voglio vivere la mia vita senza interferenze di alcun tipo e senza essere sottomessa a nessun uomo, tanto meno a mio padre e mio fratello».

La donna puntò nuovamente gli occhi in quelli di Luigi.

«Ettore poteva avere un interesse a ucciderlo e potrebbe

volere anche la mia morte, per sgombrare definitivamente il campo dai concorrenti. Resterebbe solo lui ad aspirare ai soldi. Il fatto che non gli piacciono le donne, poi, non vuol dire che non possa sposarne una e farci un figlio. Se non sarà così, alla morte di Fortunato i suoi averi dovrebbero andare tutti ad alcuni ordini religiosi. Le monache pregano ogni giorno per mio padre, perché muoia presto» aggiunse sorridendo.

«Ma perché voi non volete tornare a casa da vostro padre? Adesso che siete rimasta sola... penso che abbiate diritto alla vostra parte di eredità».

«Non voglio! Questa è la mia vita, preferisco la libertà ai soldi».

Luigi ascoltò in silenzio. Aveva la mente vuota. Era tutto buio, tranne la figura della donna, illuminata da quella fiammella azzurrina. Si passò una mano sugli occhi, provando a riscuotersi dallo strano torpore che lo attanagliava.

«C'è ancora una cosa che voglio dirvi», aggiunse Gemma alzandosi. «Voi dite che siete stato amico di mio marito, ma io questo non posso saperlo. Chi mi dice che non siete stato voi a ucciderlo? Se Ettore o chiunque altro avesse pagato voi per farlo?»

Luigi avrebbe voluto rispondere, ma non ne ebbe la forza, era sopraffatto dalla stanchezza e le parole della donna gli rintronavano nella mente come un'eco continua.

Lei lo guardò con disprezzo e aggiunse: «Non voglio che entriate più nelle mie faccende personali e della mia famiglia. Io non vi conosco e voi non conoscete me».

Luigi camminava per strada e quelle frasi gli riecheggiavano nel cervello. Era come ubriaco e andava senza una meta. Le nuvole erano state spazzate via, l'aria era calda e umida, mossa dal vento dell'Africa che portava sabbia e polvere.

Alla fontana di Largo Campo immerse la testa nell'acqua fredda. Il torpore lentamente lo abbandonò, la testa divenne più leggera, con il passare dei minuti i contorni delle persone e delle cose diventarono finalmente netti e definiti.

Gli occhi di Gemma gli erano rimasti dentro, come le sue parole. Scoprì che avrebbe voluto perdersi in quegli occhi, abbandonarsi in quelle braccia e sciogliersi in un abbraccio. Anche il ricordo della sua voce era come una carezza. Il fiato gli mancò e bevve avidamente, riempiendosi la pancia d'acqua gelata e i polmoni di aria nuova.

Perché Matteo era stato ucciso? La domanda divenne pressante. Chi lo voleva morto?

Basta! Si disse. Non doveva cedere, doveva tornare a casa, pensare ad altro e dimenticare quegli occhi e quelle maledette parole.

Alfredo aveva svuotato mezza bottiglia di un liquore senza marca, probabilmente la «parcella» di una prestazione medica.

«La vita è uno schifo, amico mio» disse vedendolo entrare. Tirò una lunga boccata alla sigaretta e tossì. Alzò il bicchiere e bevve ancora.

Luigi si mise a sedere sulla poltrona accanto alla sua.

«Sono stato da Gemma».

«Ah! E che cosa vi ha detto?»

Il dottore era brillo e socchiuse gli occhi.

«Lasciate perdere. Quando troverò Antonio Trebbia avrò le risposte a tutte le mie domande».

Il medico sorrise e buttò giù altro alcool. «Questo mondo è fatto per finire, prima o poi, e ho proprio l'impressione che ci stiamo avvicinando pericolosamente al momento. Che cosa siamo diventati? Carne da macello, merce di scambio, feticci del male, vittime da sacrificare. Bianca aveva solo tredici anni».

La mente di Luigi tornò per un momento alla bambina morta nel basso. Ebbe una fitta allo stomaco.

«Io lo sapevo e non ho fatto niente per impedirlo. Sapevo l'abominio di quel padre, di quella specie di uomo» disse Alfredo. Piangeva. Lacrime più forti del liquore che beveva, che bruciavano sulla ferita di quello sguardo disincantato. «Lo sapevo e non ho fatto nulla».

«Non potevate» disse Luigi, per consolarlo.

Alfredo scosse la testa con violenza e il bicchiere gli cadde di mano, schiantandosi sul pavimento.

«Lo sapevo e non ho fatto nulla», mormorò ancora un paio di volte, prima di cadere addormentato con la testa reclinata indietro e la bocca aperta.

6.

Il ragno non sceglie le sue prede. La natura decide il ciclo della vita e della morte. Il ragno asseconda la sua natura.

Luigi lasciò Alfredo a smaltire i postumi dell'ubriacatura e scese in strada con una meta precisa. Attraversò una piazza con una fontana e una scuola: Convitto Nazionale. C'era parcheggiato un camion militare alleato. Su una cassetta di legno poco distante era seduto un uomo intento a fumare. Con una mano si teneva la fronte e con l'altra la sigaretta, che restava miracolosamente accesa sotto la pioggia. Luigi si avvicinò di qualche passo. L'uomo singhiozzava. Dall'interno del camion si udivano gemiti, grida di dolore o forse di piacere. Più quei lamenti aumentavano, più l'uomo fumava e piangeva, passandosi nervosamente la mano tra i capelli bagnati e sugli occhi.

Luigi si avvicinò alla fontana per bere.

Il tendone posteriore del camion si aprì e sbucò una gamba di donna. Poco dopo tutto il corpo e due braccia pelose e chiare che l'aiutavano a scendere.

La donna teneva le mani sulla faccia e piangeva. Aveva i capelli scompigliati e il vestito strappato sulle spalle.

L'uomo che fumava balzò in piedi e la guardò, lasciando cadere la sigaretta. La piccola brace ebbe un fremito, prima di spegnersi sopraffatta dall'acqua di una pozzanghera.

La donna fece un passo verso di lui, che la cinse dolcemente. Lei, ancora con le mani davanti alla faccia, appoggiò il viso sulla sua spalla, il corpo era scosso dai singhiozzi. Era giovane e carina. L'uomo abbassò la testa.

Dal camion saltò giù un soldato. Era inglese, forse: alto, robusto, con i capelli rossicci. Tirò su la patta dei pantaloni e con un ghigno soddisfatto dichiarò: «Very good!».

Si affacciò nel camion e prese un pacchetto sul quale era disegnata una croce rossa, lo porse all'uomo, che allungò la mano tremante.

I due, a passo lento, con la testa china e gli occhi pieni di lacrime andarono via, seguendo il corteo funebre della loro dignità. Il soldato accese una sigaretta e si mise a sedere sulla cassetta dove poco prima c'era l'uomo, in attesa delle prossime vittime.

Luigi si asciugò la bocca, come se quel gesto potesse cacciare via il disgusto. Quelli erano i liberatori.

L'antro scuro del portone in via Giovanni Da Procida incuteva timore. La luce nelle scale doveva restare spenta, per via del segnale luminoso che si accendeva quando c'era il pericolo di una retata della questura. La puzza di umidità e piscio era insopportabile, ma era l'anticamera del paradiso, o dell'inferno, la destinazione la si conosceva solo alla fine della serata, Luigi lo sapeva bene.

Non ebbe problemi a entrare. Cercava l'assassino di Matteo, o qualcuno che potesse fornirgli notizie, dargli un indirizzo. Non sarebbe stato facile. Quando fu dentro ebbe un brivido. L'odore familiare, il frusciare dei mazzi di carte, le convenzioni, il gergo dei giocatori. Tutto lo riportò indietro nel tempo.

La carta è puttana. T'illude, si presenta nel suo abito migliore, carica di aspettative, pronta a mettere il mondo intero ai tuoi piedi. Assapori il gusto di averla tra le mani, ma lei ti ha già abbandonato, in un lampo.

Ma non ti lascia come ti ha trovato: ti cambia, si avvinghia alla tua vita, diventa l'unico pensiero, la ragione di ogni tuo agire. Non t'innamori delle carte, sei loro prigioniero, sei lo schiavo dei loro capricci, sei in balia della loro serata.

Le carte hanno un destino proprio, che sfugge a qualunque legge, calcolo o probabilità, e che si lega al tuo, prendendosene gioco.

Sei disposto ad assecondare ogni subdola passione al loro volere; sei capace di oltrepassare il limite che fa di un uomo un delinquente, solo per vederle ancora e ancora prendersi gioco di te. Una e una sola può cambiare il tuo destino e tu l'aspetti, con ansia, ti dici che prima o poi arriverà; invece lei si nasconde dietro le sue sorelle, le manda avanti a rovinarti la vita, mentre tu aspetti lei, solo lei.

Aspetti, e intanto la tua vita si spegne, dietro la speranza e la convinzione che prima o poi arriverà. Invece non arriva mai: e tu perdi.

Perdi i denari, perdi la faccia, perdi la dignità, perdi la famiglia, per chi ce l'ha, perdi te stesso. Queste sono le carte, questo è il gioco. È come un veleno dolcissimo al quale non rinunceresti per niente al mondo, pur sapendo che conduce alla morte.

Il fumo azzurrino, una nebbiolina puzzolente e malsana aleggiava sopra i tavoli, illuminati dalle luci fioche che pendevano dal soffitto. Bestemmie, imprecazioni, pianti e qualche volta coltelli accompagnavano il procedere lento del vizio e la sicura rovina di qualcuno. Case, negozi, denari, a volte mogli o figlie, tutto si poteva giocare, purché si pagasse subito, al massimo il giorno dopo. Nessun credito, nessuna speranza.

Luigi si ridestò, abbandonò i ricordi e le voglie, si concentrò sulla sua missione. Girò con indifferenza tra i tavoli, come chi cerca quello giusto dove tentare la fortuna. C'era un tavolo piccolo, all'angolo dello stanzone. Un giovane pallido, sudato e con la faccia stravolta si alzò di scatto urlando: «State barando!»

«Benito, state calmo» disse un uomo avvicinandosi. La voce era calma e autoritaria. «Ogni volta che perdete è la stessa storia. Se continuate così non vi farò più entrare».

Il giovane lo fissò imbarazzato. Stringeva i pugni e stava sul punto di rispondere, ma abbassò la testa, sconfitto.

La scena divenne il centro dell'attenzione. Un anziano si affiancò a Luigi per vedere meglio l'epilogo della sceneggiata. Luigi ne approfittò subito.

«Chi è il giovane che ha perso?» chiese con disinvoltura.

«Benito Aprile, un perdente nato e ogni volta fa sempre la stessa scenata» rispose l'altro con indifferenza, senza nemmeno guardarlo.

Benito abbandonò la sala tra gli sguardi di commiserazione degli altri giocatori. Luigi gli fu subito dietro. Prima che imboccasse via Dei Mercanti, forse diretto al bordello della madre, gli si parò davanti fermandolo.

L'uomo si girò di scatto verso di lui. Sulla faccia aveva dipinte sorpresa e paura.

«Vorrei parlarvi» disse Luigi, indicando uno stretto vicolo.

«Chi siete, che cosa volete da me?» domandò il giovane, facendo un passo indietro.

«Non abbiate paura» disse Luigi calmo.

«Non ho soldi con me» replicò l'altro spaventato.

«Lo so, avete perso tutto».

Un leggero rossore pervase le guance del giovane. Lo seguì in un luogo più appartato.

«Allora cosa volete?» chiese ancora.

«Sono un amico di Matteo Ragusa, lo conoscete?»

Benito annuì piano.

«Forse conoscete meglio Gemma De Giorgis, la sorella di Ettore, il vostro amichetto».

Benito sgranò gli occhi furente.

«Di sicuro sapete che suo marito è stato ucciso in carcere» continuò Luigi.

Benito fece segno di no con la testa. La sua espressione mutò.

«Questa morte potrebbe tornare molto utile a Ettore De Giorgis».

Il giovane ebbe un fremito e fece istintivamente un passo avanti. Luigi non si mosse.

«Non so di cosa state parlando, ma non avete il diritto di lanciare questa accusa. Chi vi ha detto questa cosa? Per quale motivo Ettore avrebbe dovuto trarre vantaggio dalla morte del marito di Gemma?»

«Per almeno due motivi» spiegò Luigi, «la vendetta per la storia di una vecchia denuncia, che costò a Ettore un po' di botte dai fascisti e, soprattutto, la questione dell'eredità. Ettore mira a ottenere tutto e, per quei soldi, sarebbe disposto a qualunque cosa».

«Ma queste fesserie chi ve le ha dette?» replicò Benito.

«Inutile mentire. Perfino Gemma non esclude che a far uccidere il marito possa essere stato Ettore, il vostro amante. Antonio Trebbia, detto Saponetta, lo conoscete? È stato lui il boia di Matteo».

L'uomo spalancò gli occhi, sbalordito. Fece scivolare la mano sui capelli umidi, con un gesto naturale, poi si accarezzò la faccia.

«Qualcuno lo ha pagato per ucciderlo» continuò Luigi.

«Dunque è questo che pensa lei!» sussurrò Benito. «Ma perché uccidere Matteo? Sarebbe stato più conveniente fare fuori lei. Voi siete pazzo! Tutta questa storia è assurda. La verità è che Ettore non avrebbe mai fatto una cosa simile, non ne sarebbe stato capace».

«E come spera di ottenere l'eredità?»

«Questa è una faccenda che non vi riguarda. Ce la faremo!»

«Certo, altrimenti chi foraggerebbe il vostro vizio?».

Benito invece di adirarsi, sorrise divertito e annuì. «La vita è difficile, ognuno deve provare a sopravvivere come crede e come meglio riesce a fare. Ettore è un'opportunità che non intendo lasciarmi scappare. Per una donna sarebbe un "buon partito", perché non può esserlo anche per un uomo?».

«Le vostre preferenze amorose non sono affari miei» chiarì duramente Luigi. «Io voglio sapere chi ha fatto uccidere Matteo e perché».

«State sbagliando, non è stato Ettore a commissionare quell'omicidio, ve lo assicuro. La storia della denuncia è roba vecchia, e non è nemmeno certo che sia stato il marito di Gemma a denunciarlo. Chi vi ha suggerito questa strada vuole confondervi. Per quanto riguarda Matteo, lo conoscevo e posso assicurarvi che la sua morte non cambia nulla per Ettore e per l'eredità. Forse è addirittura un danno: Matteo era uno stupido romantico, la famiglia la voleva mandare avanti con le sue forze, forse non avrebbe nemmeno permesso alla moglie di reclamare la sua parte. Era proprio un illuso. Quel povero fesso era condannato alla povertà».

Luigi fremeva di rabbia e fece un passo avanti minaccioso.

Benito indietreggiò.

«La verità fa male» disse sommessamente.

Luigi non sopportava che il suo amico fosse definito «fesso». Matteo non lo meritava. Nella sua mente, però, cominciarono ad agitarsi dubbi e perplessità. Rivide l'incontro con Gemma e le sue parole dure, le sue accuse, i suoi occhi neri. Mentiva. Benito mentiva spudoratamente per proteggere Ettore.

«Le vostre accuse non stanno in piedi» disse Benito.

«State zitto, basta stronzate!» ribatté irritato Luigi.

«Io non lo so chi ha fatto uccidere Matteo, ma sono certo che non è stato Ettore».

Luigi fece cenno al giovane di andare via.

«Non mi aspettavo una risposta diversa. La questione però non finisce qua. Scoprirò la verità, ditelo al vostro amico».

Benito lo fissò con odio: «Fate pure».

Camminando lentamente verso casa di Alfredo, si chiese cosa lo spingesse ad andare avanti in quella ricerca. In quel mondo impazzito, scoprire quella verità non avrebbe cambiato nulla, né per la giovane moglie dell'amico, né per lui.

La sera era calata veloce e calda sui traffici e sulle miserie della città, che in quei giorni andava ripopolandosi. I palazzi riprendevano vita, si cercava di porre rimedio alla meglio alle ferite dei bombardamenti, si cercavano soluzioni, alternative, si cercava da mangiare. Era tutto buio, i lampioni per strada erano spenti. Ombre furtive si aggiravano nella notte. Bisbigli, occhi che spiavano da dietro le imposte chiuse, rumori sinistri.

Le strade vuote incutevano paura. Eppure le ore della notte erano quelle più propizie al vizio, quelle in cui si dà libero sfogo alle peggiori passioni. Invece tutto quel male si dipanava nella città alla luce del giorno, senza vergogna.

Alfredo, il medico disincantato che guardava la vita con il

cinismo di chi sa cosa aspettarsi da ogni situazione, senza la gioia di poter essere smentito, lo attendeva ancora sveglio. Gli lanciò le chiavi del portone dalla finestra e lo accolse con un bicchiere di vino. Nonostante il caldo, Luigi sentiva la pelle intorpidita e fredda. Ad aspettarlo, finalmente, c'era anche qualcosa da mangiare: pane duro e formaggio. Tutto ciò in cui poteva sperare.

Alfredo si fece raccontare i particolari dei suoi spostamenti.

«È naturale che Benito abbia negato tutto, lo ha fatto per proteggere Ettore, ha paura di perdere la sua gallina dalle uova d'oro. Su una questione però ha ragione: perché uccidere il povero Matteo?» commentò il dottore scuotendo il capo.

«Non lo so, non ci capisco più niente in questa storia» disse Luigi prendendosi la testa tra le mani.

«Io penso sia vero che il giovanotto, assieme al suo amico, mirino all'eredità. Con quei soldi se la potranno spassare per il resto della loro vita» aggiunse Alfredo.

«Ma se c'è questo testamento, come farà Ettore a ereditare senza sposarsi?».

«Ammesso che questo testamento esista davvero, penso che ci siano mille modi per aggirare le disposizioni, basta conoscere un buon avvocato, o magari distruggere il documento e il gioco è fatto» rispose Alfredo stringendosi nelle spalle.

«Questo, però, potrebbe valere anche per Gemma» disse Luigi, ingoiando l'ultimo boccone di formaggio.

«Certo, è vero, ma non credo che Gemma sia interessata ai soldi. A lei forse basterebbe avere giustizia per suo marito» replicò Alfredo.

«È quello che mi ha detto. Mi ha anche chiesto di non

immischiarmi più in questa faccenda».

«E voi?» chiese il medico.

«Io voglio trovare chi ha ucciso Matteo».

Restò a riflettere per alcuni minuti, mentre Alfredo gli portava della biancheria pulita e delle lenzuola da sistemare sul divano per la notte.

«Come potrei fare per scovare l'indirizzo di Antonio Trebbia? Sono stato alla bisca ma non l'ho trovato» chiese.

«Che avete intenzione di fare?»

«Solo lui conosce il nome di chi lo ha pagato, me lo dovrà dire, in un modo o nell'altro».

«Vedrò di procurarvelo io domani mattina. Tra i miei pazienti ci sarà certamente qualcuno che lo conosce».

7.

Il ragno si muove leggero e silenzioso sulla tela. Un'architettura di fili invisibili e perfettamente intrecciati, la sublime trappola per le ignare prede. Il suo futuro è intrappolato in quella tela e lui lo fiuta. Secondo natura.

Alfredo era stato di parola. Prima che Luigi fosse sveglio, era già in possesso dell'informazione che gli occorreva. Antonio Trebbia, detto Saponetta, abitava nel vicolo dei Caciocavalli, al secondo piano del numero tre.

Il palazzo era fatiscente, le poche botteghe che avevano aperto i battenti in quello stretto budello erano deserte. Luigi si guardò intorno, poi entrò deciso nel portone. Salì per le scale buie con il cuore che gli batteva forte, gli pulsava nelle tempie. La pistola che gli aveva procurato Cesare era un vecchio modello risalente alla Prima Guerra Mondiale. Faceva molta scena, ma non avrebbe fatto male a una mosca, visto che era priva di pallottole e Saponetta non era tipo da spaventarsi facilmente.

Al secondo piano c'erano due porte. La targhetta davanti alla prima indicava un cognome che non gli interessava. Sull'altra non c'era niente ed era socchiusa.

Sospinse l'anta senza fare rumore. Restò in ascolto, in attesa di qualche segno di vita. C'era solo silenzio e le voci provenienti dal vicolo. Scivolò lungo il breve corridoio, sul quale si aprivano due porte. Si affacciò cautamente sull'uscio della prima e trovò chi cercava.

Antonio era riverso sul pavimento e sotto di lui si allargava una pozza di sangue. Luigi restò impietrito sull'uscio, indeciso su cosa fare. L'istinto gli diceva di allontanarsi il più velocemente possibile, ma non lo fece. Si costrinse a entrare nella stanza. Si chinò accanto al cadavere, sfiorò una mano, era ancora calda e umidiccia. Saponetta aveva smesso di sudare, pensò. Vincendo un moto di repulsione, lo rivoltò e vide lo strano coltello che era piantato nel suo petto. Si fece coraggio, lo afferrò e lo tirò fuori, osservandolo con attenzione. Non aveva mai visto un oggetto simile. Lo pulì del sangue servendosi dei vestiti del morto e lo infilò nella tasca dei pantaloni. In silenzio scivolò fuori dalla casa di Antonio Trebbia, fuori dal suo portone e fuori dal suo quartiere.

La verità, adesso, la conosceva solo chi aveva pagato. La mente era vuota, non riusciva a pensare alla prossima mossa da fare. L'unica speranza che aveva di risalire all'identità del mandante era svanita. Antonio era stato ucciso, forse proprio per impedirgli di parlare. Senza nemmeno accorgersene, invaso da immagini e pensieri, si ritrovò a risalire lungo via Duomo, verso casa del dottore. Nella piccola piazza antistante l'ingresso del Duomo, alla base dell'ampia scalinata, riconobbe una figura familiare.

Gemma lo vide e fece qualche passo verso di lui. Era vestita di nero, ma lo sguardo illuminava l'intera figura. Luigi le si avvicinò, sorpreso di vederla.

«Sono stata ingiusta con voi» esordì lei fissandolo negli occhi.

«Forse avevate ragione» rispose.

«Fate un po' di strada con me?» chiese Gemma.

Cominciarono a camminare lungo via Duomo. Luigi la guardava di lato, il fruscio leggero del vestito riempiva la sua mente, il tenue profumo speziato penetrava i suoi sensi. Doveva dirle ciò che aveva scoperto.

«Voglio scusarmi per le cose che vi ho detto» disse Gemma, «ero in collera».

«Non c'è bisogno di scuse. Io non ho nessun diritto di entrare nella vostra vita e in quella di Matteo».

«Non dite così. Voi state cercando chi lo ha ucciso, dovrei esservene grata».

Continuarono a camminare e naturalmente si ritrovarono sotto casa di Gemma. Lei lo invitò a salire. La donna preparò il caffè. Come la prima volta, lui sedeva al tavolo della cucina.

«Se volete, potete fumare» disse lei sorridendo.

Luigi, dopo aver bevuto il caffè, accese l'ultima sigaretta del pacchetto regalatogli dal dottore. Il fumo si alzò nell'aria immobile e umida. Dalla finestra aperta arrivavano voci di ragazzini che giocavano per strada e il richiamo di un bottegaio. Un violento tuono annunciò ancora pioggia.

«Io voglio sapere chi ha ucciso mio marito» disse lei all'improvviso. «Non c'è più nessuno che possa fare giustizia di quest'omicidio, ma io devo sapere. La sua e la mia vita sono state spezzate, per sempre, qualcuno dovrà pagare».

Il momento era giunto.

«Se può farvi stare meglio, chi ha piantato il coltello nel cuore di Matteo è già morto».

Gemma lo fissò.

«Si chiamava Antonio Trebbia, era in carcere con noi. L'ho trovato stamattina, in casa sua. Ero andato da lui per farmi dire chi lo aveva pagato per uccidere Matteo. Lo hanno ammazzato con questo...» disse, prendendo dalla tasca lo strano coltello e poggiandolo al centro del tavolo.

Gemma lo fissò con orrore.

«Quella è una sagitella, un antico strumento medico per praticare i salassi».

«Come lo sapete?».

«Mio fratello possiede un'intera collezione di quegli antichi strumenti» disse con la voce tremante.

Luigi fissò l'oggetto e un barlume di speranza accese i suoi sensi. Finalmente aveva qualcosa di concreto, una prova.

«Dunque è davvero lui...» esclamò Gemma timorosa.

«Lui chi, vostro fratello?»

Lei fece segno di sì con la testa.

«Almeno per quanto riguarda l'uccisione di Antonio Trebbia» confermò Luigi.

Gemma sospirò, abbassò lo sguardo sulle mani e, quando lo rialzò gli occhi erano colmi di lacrime. Il cielo era diventato scuro e i primi scrosci di pioggia si abbattevano sul davanzale della finestra. Luigi guardò in quegli occhi e vide solo dolore.

«Voglio raccontarvi la mia storia» disse lei. «Matteo l'ho conosciuto a casa di mio padre. Lui portava la frutta per conto di un tale, ci innamorammo subito». Sorrise. «Non fu facile decidere di andare via di casa per sposarlo, senza il consenso di mio padre. Mi abituai subito a uno stile di vita molto più modesto. Matteo si arrangiava a fare qualunque lavoro e, qualche volta, rubava per arrotondare. Ma io voglio essere onesta con voi: non è stato solo l'amore per Matteo a spingermi ad abbandonare la casa di mio padre». Si fermò a riprendere fiato. «Lui ha fatto morire mia madre, io lo odio per questo. Quando lei morì, giurai che appena ne avessi avuto la possibilità sarei scappata, avrei vissuto da donna libera. Matteo era quella possibilità».

Gemma piangeva piano e le lacrime le solcavano il viso pallido, rendendolo simile a quello di una bambina. Un fulmine illuminò la strada, seguito da un tuono fragoroso. Lei sobbalzò e cominciò a piangere più forte. Luigi le andò vicino e le posò le mani sulle spalle. Lei si alzò lentamente. Appoggiò il volto sul petto dell'uomo, poi lo guardò. Le loro facce erano a pochi centimetri. I loro fiati si mescolarono, le labbra si sfiorarono. Il cuore di Luigi cambiò ritmo, un ronzio rumoroso e fastidioso s'impadronì del suo cervello. Si baciarono ancora. Il tempo restò sospeso, immobile e muto. Quando si staccarono, ancora estranei, erano legati da un sottile filo di saliva. Lei abbassò lo sguardo; lui guardò fuori dalla finestra.

«Io non...» mormorò lui.

Lei gli posò delicatamente le dita sulle labbra e lo zittì.

«Anche io» sussurrò.

Gli accarezzò dolcemente la guancia, senza smettere di scavare dentro di lui con i suoi occhi.

«Trova chi ha fatto uccidere Matteo. Fallo per lui... e per me».

In strada Luigi fu accolto dalla pioggia. Una strana euforia pompava energia nelle gambe e nel cuore. Prese svelto a risalire via dei Canali, fu bloccato da uno scugnizzo, che gli si parò davanti. Era nei pressi di quell'antica chiesa dove i ragazzini avevano rubato il pane agli inglesi.

«E tu che vuoi?» chiese sorridendo Luigi, «denari non ne tengo, non ti posso dare niente».

Il ragazzino non si scompose, semplicemente indicò la rampa di scale che portava all'ingresso della cappella.

«Chi ti ha mandato?» domandò Luigi.

«Vi aspettano» disse lo scugnizzo, prima di sparire di corsa.

Luigi guardò verso la porta, era socchiusa. Scrutò la strada intorno a lui e lo stretto vicolo alle sue spalle, buio e vuoto. Le finestre del convento di fronte erano orbite vuote, prive di vita. Il caldo e l'umidità rendevano l'aria liquida, tutto era avvolto da una sottile nebbiolina, cosa rara per quella latitudine e in quella stagione.

Alcuni metri più su c'era il basso della prostituta bambina. La rivide con gli occhi della mente, rivide il padre contare i soldi di quel peccato, peggiore del tradimento di Giuda. Gli si strinse lo stomaco a ripensare a quella scena.

Si avvicinò al cancello alla base delle scale. La tensione aumentò e le pulsazioni del cuore pure, sentiva di nuovo i battiti dentro il cervello. Salì i gradini lentamente, pronto a cambiare direzione e scappare. Arrivato in cima, la porta si aprì del tutto e si ritrovò faccia a faccia con un giovane di bell'aspetto e vestito elegantemente. Il volto aveva qualcosa di familiare. Quando osservò meglio i suoi occhi capì subito.

Il giovane lo invitò a entrare e richiuse la porta. L'interno della cappella era illuminato da due lampade a olio. Le fiammelle vibravano per gli spifferi che riempivano lo spazio e lanciavano ombre sinistre lungo le pareti spoglie e piene di crepe. Sulla parete opposta, Luigi scorse un'altra sagoma e si irrigidì.

«State tranquillo, nessuno vuole farvi del male» disse il giovane, «io sono Ettore De Giorgis» e allungò la mano per salutare.

Luigi lasciò che il gesto cadesse nel vuoto.

L'ombra si staccò dal muro di fronte e fece un passo avanti, entrando nel cono di luce della lampada. Era Benito.

«Siete appena stato da mia sorella, perché?» chiese.

«Mi avete seguito?»

Ettore sorrise.

«Perché non lo chiedete a Gemma?»

«Lo sta chiedendo a voi» intervenne Benito, facendo minacciosamente un passo avanti.

Luigi lo ignorò e restò immobile a fissare Ettore.

«Benito, lascia parlare me» disse il fratello di Gemma, facendo un gesto con la mano. «Da quando è andata via di casa non abbiamo più rapporti».

«Posso immaginare il perché» disse ironicamente Luigi.

Ettore incassò l'ironia.

«Benito mi ha parlato di voi e del vostro... incontro. Mi ha detto che vi siete messo in testa delle idee su un mio coinvolgimento nella morte di Matteo Ragusa».

«Più di un'idea».

«Questa è la cappella di San Pietro a Corte, è stata sempre molto cara a mia mamma» disse il giovane allontanandosi. «Ci portava qui da piccoli, a me e mia sorella, e ci raccontava delle storie. Diceva che era un posto magico, perché qui si sovrappongono diverse anime, come le costruzioni che sono state erette una sull'altra nel corso dei secoli. Secondo lei la forza delle anime si sommava, creando la magia. Mi piace questo posto, mi ricorda lei prima che...» si fermò pensieroso. «Pareva il luogo adatto per incontrarci senza essere visti. Voglio sapere cosa avete scoperto sulla morte di Matteo!» disse brusco.

«Che forse siete stato voi a farlo ammazzare» annunciò senza mezzi termini Luigi.

Sul volto di Ettore passò un'ombra. Forse fu il gioco di luci delle lampade, ma qualcosa mutò l'espressione del suo volto e il suo atteggiamento. Era addolorato.

«Povera Gemma!» esclamò portandosi una mano davanti agli occhi. «Io non sopportavo l'idea che lei, così bella e così intelligente, sprecasse la vita dietro a quel ladruncolo. Però ho intuito che era meglio così. So bene cosa vuol dire aspirare alla felicità e non poterla avere».

Benito si avvicinò e gli posò una mano sulla spalla. Ettore con un gesto naturale gliela strinse.

«Mia sorella ha sempre saputo quello che voleva. È come la mamma, anche se lei, mia madre, a un certo punto perse completamente il contatto con la realtà, uscendo di senno». Sorrise. «Anche questo sapete, giusto?».

Luigi annuì.

«In questa specie di città non c'è segreto che tenga. Tutto è alla luce del sole, nessuno può vivere la propria vita in modo riservato, senza che gli altri ne facciano argomento di pettegolezzo, o di ricatto» commentò con amarezza. «Perché pensate che sia stato io a far uccidere Matteo?»

«L'uomo che ha ucciso Matteo è morto stamattina, si chiamava Antonio Trebbia, meglio conosciuto come Saponetta. Non potrà più parlare. È stato ucciso con quest'arma...».

Luigi tirò fuori la sagitella, mostrandola alla poca luce delle due lampade.

Ettore sbarrò gli occhi.

«La riconoscete? Vostra sorella mi ha detto che voi ne avete una collezione».

«Sì, la riconosco. È simile a quella contenuta nella teca degli antichi strumenti chirurgici utilizzati nella Scuola Medica Salernitana. Sono custoditi a casa di mio padre».

«E non è che per caso questa ci manca?».

«Non ne ho idea. Ma ditemi per quale motivo avrei dovuto far uccidere Matteo».

«Voi volete tutta l'eredità, Matteo e Gemma vi sono di ostacolo» disse Luigi.

«Matteo non l'ho fatto ammazzare io, non ne avevo ragione. Mia sorella vi ha mentito. È vero che voglio tutta l'eredità, ma perché l'eredità posso ottenerla solo io».

«Per quale motivo?» chiese Luigi, riponendo lentamente il ferro chirurgico nella tasca dei pantaloni.

«Vi racconterò la verità su Gemma» disse Ettore avvicinandosi. «Vi siete chiesto perché una come lei, che avrebbe potuto avere qualunque uomo, decise di sposare Matteo? Che cosa poteva offrirle quell'uomo, che non aveva nemmeno un lavoro? Non ditemi l'amore, perché sarebbe una risposta troppo banale».

«Non ne ho idea».

«Lei aveva bisogno di un uomo da poter controllare a suo piacimento» furono le parole dure che Ettore pronunciò fissando Luigi. «Gemma non è figlia di mio padre. Nostra madre era già incinta di un altro uomo quando si sposarono. Mio padre ha le prove, possiede una dichiarazione di nostra madre, fatta e sottoscritta quando ancora ragionava. Nonostante questo, lui ha sempre sostenuto davanti a tutti che era sua figlia. Anche per quanto riguarda l'eredità, lei era alla pari con me. Ma Gemma non è figlia di Fortunato, crescendo la cosa è diventata sempre più evidente. Nostra madre era morta, lei diventava donna e qualcosa di malvagio, insano, scattò dentro mio padre. Perché quella donna ha una capacità unica di far perdere la testa agli uomini». Fece una pausa per scrutare le reazioni di Luigi, poi riprese a parlare: «Dovrei provare vergogna a raccontare queste cose, ma non ci riesco. Mio padre ha distrutto la nostra famiglia e anche la mia vita» disse con un filo di voce. «Le attenzioni morbose e perverse di Fortunato verso di lei si fecero sempre più insistenti. Era diventata la sua ossessione. Gemma, per sottrarsi alle mani di mio padre, decise di andare via di casa. Ma era giovane, aveva bisogno di appoggiarsi a qualcuno e così scelse Matteo, che quando non rubava portava la frutta in giro, anche a casa nostra, dove i due si conobbero».

«Questa storia è assurda!» protestò Luigi alzando la voce.

«Mio padre, da quando lei è andata via, è letteralmente impazzito. Per convincerla a tornare le ha prima promesso di renderla erede unica della sua immensa fortuna, poi ha minacciato di diseredarla, ma lei non ha voluto sentire ragioni e ha sposato lo stesso Matteo. Come vedete, non avevo nessun motivo per ucciderlo. Lei non ha nessuna possibilità di ereditare quei soldi e io non ho nulla di cui preoccuparmi».

«Dovrete sempre sposarvi e avere un figlio per ereditare» disse Luigi.

«Questi sono dettagli» rispose Ettore sorridendo. «Al momento opportuno saprò come fare. Ma voglio farvi una domanda e anche suggerirvi una strada».

Luigi lo fissò, la sua mente correva in mille direzioni.

«Mio padre, pur di riavere Gemma, sarebbe stato disposto a tutto. Nella mente di Fortunato, l'unico impedimento affinché lei tornasse, era costituito da suo marito Matteo. Una volta tolto di mezzo lui, a lei non sarebbe rimasto altro da fare che tornare a casa sua. Adesso rispondete: chi aveva veramente interesse a togliere di mezzo Matteo?».

Luigi non rispose.

La sua mente era svuotata, evaporata in una nuvola. I pensieri risucchiati in una delle tante feritoie del cielo, in un vortice di sensazioni. Il cuore era quasi fermo, la testa andava avanti, in una corsa senza senso verso il nulla.

Ettore e Benito lo lasciarono da solo in quella cappella buia, a riflettere sul mare di menzogne nel quale si sentiva affogare.

8.

Il ragno danza sulla tela, intorno alla sua vittima. Ne pregusta il sapore. L'odore della paura lo eccita. Secondo natura.

Tutto ciò che aveva pensato fino a quel momento non aveva più senso. Gemma ed Ettore davano due versioni differenti della storia. Chi mentiva? Chi aveva ucciso Matteo?

Perché Gemma avrebbe dovuto mentirgli, che interesse avrebbe avuto? Lei non lo faceva per i soldi, voleva giustizia per suo marito. Era senza dubbio Ettore a mentire, aveva inventato quella storia per scagionarsi e far ricadere i sospetti su Gemma e su suo padre. Gemma era la figlia di Fortunato De Giorgis e quindi anche lei erede della sua fortuna. Era un motivo sufficiente perché Ettore potesse avercela con lei e suo marito.

Tutto combaciava, Ettore e Benito avevano organizzato l'omicidio. Ettore possedeva la sagitella ed era stato lui a uccidere Saponetta, per timore che parlasse. Non restava che trovare un modo per incastrarli. Non ci sarebbe stata giustizia per quel delitto, almeno non quella ufficiale, ma qualcosa poteva ancora escogitare.

Prese a camminare frenetico, diretto nuovamente a casa della donna. Voleva parlare ancora con lei, sentire dalla sua voce che ciò che gli aveva detto Ettore era una menzogna. Quando fu a pochi metri dal portone, un pensiero sfumato, poi sempre più netto, si fece largo tra le mille immagini e riflessioni che si accavallavano nel suo cervello. La chiave era Fortunato De Giorgis. Parlando con lui, avrebbe capito cosa c'era davvero sotto quella faccenda. Il vecchio poteva davvero aver fatto uccidere Matteo, per costringere Gemma a tornare da lui? Era un'idea assurda. Ettore era il colpevole, ne era convinto.

La porta di Gemma era aperta come sempre. Luigi entrò in silenzio, non c'era nessuno. Chiamò il nome della donna, non ottenne risposta. Un rumore alle sue spalle lo fece trasalire, si girò di scatto. Una donna anziana teneva tra le mani un cespo di lattuga. Lo guardò perplessa.

«Che cosa volete?» domandò sospettosa.

«La signora Gemma».

«È uscita pochi minuti fa, dovete tornare oggi pomeriggio» rispose la vecchia, appoggiando la verdura sul tavolo.

«Dove la posso trovare?».

La donna si strinse nelle spalle e prese a scartare le foglie di lattuga.

«Sapete dove abita Fortunato De Giorgis?»

La vecchia si fermò di colpo e lo fissò.

Luigi si ritrovò in strada con l'indirizzo di Via Roma della famiglia De Giorgis. Un sole pallido e malato si era fatto largo tra le nuvole, una leggera brezza arrivava dal mare a smuovere l'aria immobile e pesante. Luigi camminava a passo svelto, in mente componeva e ricomponeva il discorso che avrebbe fatto a Fortunato. Lo avrebbe costretto a dire la verità in qualunque modo.

Rallentò, fino quasi a fermarsi. Come una mazzata improvvisa gli risuonarono nelle orecchie le parole di Ettore sulle attenzioni morbose di quel padre verso la figlia. Immaginò mani di vecchio sulla pelle liscia e bianca di Gemma. Vide gli occhi della donna pieni di lacrime. Fortunato sarebbe stato disposto a tutto pur di riaverla, anche a uccidere

Matteo. Ancora quel pensiero a tormentarlo.

Due soldati inglesi lo urtarono. Erano scesi da un camion e scaricavano una lunga scala di legno. Uno dei due lo guardò in cagnesco, lui non ci badò, restò fermo a osservarli, mentre appoggiavano la scala al muro di un palazzo e uno si arrampicava su, fermandosi ad armeggiare vicino ai cavi elettrici.

Tornò in sé, scacciò via quei pensieri. Ettore aveva mentito anche su quello, non poteva essere altrimenti. Un'altra storia per costruire il suo alibi. Riprese a camminare ancora più svelto. Il palazzo indicatogli dalla vecchia era in buone condizioni, non aveva risentito più di tanto dei bombardamenti che avevano colpito la città. Oltrepassò un cumulo di fango e calcinacci ed entrò nel portone. Salì lento le scale fino al secondo piano. La targhetta d'ottone con il nome di De Giorgis luccicava alla luce che entrava tenue dalla finestra nelle scale.

Luigi tirò un profondo respiro e allungò la mano per bussare. In quell'istante la porta si spalancò. Un donnone basso e grasso fece un passo avanti, andando quasi a sbattergli contro. Alzò lo sguardo su di lui, lo scrutò incuriosita.

«E voi chi siete?» domandò con una voce profonda o roca.

Colto di sorpresa, Luigi non rispose subito.

«Vi ha mandato Peppino per quel servizio?»

Luigi fece segno di sì con la testa.

La donna tornò sui suoi passi e gli fece cenno di seguirla all'interno. Oltrepassarono un lungo corridoio, poi un ampio salone fino a un ripostiglio, altrettanto grande.

«Le damigiane sono quelle» disse la donna indicando i grossi bottiglioni di vetro inguainati da una trama di paglia, «li dovete portare nel portone e, mi raccomando, attento a non farli rompere».

Luigi annuì con un sorriso.

«Io sto uscendo, vado a fare la spesa. Di là ci sta il padrone con sua figlia, mi raccomando non andate a disturbarlo, è molto malato».

Una vertigine di pensieri lo bloccò. La donna lo fissò ancora.

«Giovano', svegliatevi, fate in fretta, mi sembrate mezzo scemo. Io vado, mi raccomando» disse prima di sparire.

Luigi restò immobile a fissare le damigiane. La sua immagine si rifletteva distorta in quei bottiglioni di vetro verde scuro. Gemma era in quella casa, perché?

Sbirciò fuori dal ripostiglio, assicurandosi che la donna fosse andata davvero via. C'era silenzio nell'appartamento. Avanzò adagio, soppesando ogni passo e tornò nel corridoio, sul quale si aprivano cinque porte. Andò verso la prima, si fermò a origliare, non udì nulla e passò a quella successiva. Giunse all'ultima porta. Di fronte a lui si apriva un altro ampio salone, con un camino sullo sfondo e scaffali pieni di libri. Un grande tavolo ovale al centro con otto sedie intorno, ma ce ne sarebbero state anche il doppio.

Appoggiò l'orecchio alla porta e udì.

Sussurri, bisbigli, il rantolare di un respiro affannoso. Appoggiò la mano alla maniglia, sperò che non cigolasse. La girò con lentezza esasperante. Trattenne il respiro fino a quando sotto le dita udì lo scatto della serratura. Tornò a respirare, piano, ansioso. Sospinse leggermente l'anta, un centimetro, due, tre. Un piccolo cigolio, appena udibile, si fermò. Respirò a fondo e riprese a spingere. Altri due centimetri, poi un poco di più. Intravide la parte finale del letto. Si fece coraggio e aprì ancora un poco, lentamente. Si bloccò, inorridito. Stille di sudore gelato gli imperlavano la fronte, la camicia era appiccicata alla schiena, due aloni scuri come ali rattrappite gli si erano disegnati sotto le ascelle. Le mani gli tremavano e sentiva le ginocchia venire meno.

Vide la testa di un vecchio infossata nel cuscino, la bocca spalancata, gli occhi al di là dello spazio, braccia magre e pallide, ciuffi di capelli bianchi, mescolati a una fluente chioma nera. Le mani magre, sulle quali erano ben visibili le sottili linee azzurre delle vene, come artigli stringevano la pelle liscia e candida dei fianchi di Gemma. Lei era sopra, una coscia nuda usciva fuori dal lenzuolo. L'onda del suo movimento, lenta e ritmica, era ipnotica, letale.

Un fruscio di vento, lei girò lo sguardo verso Luigi. Lo fissò dentro, inchiodandolo. Gli occhi belli che ricordava erano due fessure prive di espressione, cariche di odio. Il movimento divenne più frenetico e continuava a guardarlo.

Il vecchio sotto di lei emise un lamento, ma Gemma non si fermò. Le mani di Fortunato strinsero più forte la carne della donna, che non si fermò. Si muoveva sempre più veloce, fino alla fine. Le unghie dell'uomo penetrarono nella carne dei fianchi, una piccola goccia di sangue scivolò sul lenzuolo.

Fortunato emise un gorgoglio, le sue mani caddero lentamente sul letto, prive di vita. Lei diede un ultimo strattone e si fermò. Guardò verso il vecchio e sorrise.

«Ho pagato il mio prezzo, adesso tutto sarà mio. Era questo quello che hai sempre voluto. Spero tu abbia goduto, prima di andare all'inferno, paparino» disse rabbiosa.

Luigi richiuse la porta e andò via di corsa.

9.

Luigi osservava la strada immobile, seduto su quello che restava di una panchina nei pressi della Prefettura. Fisse negli occhi, le immagini di Gemma nuda sopra Fortunato De Giorgis; nelle orecchie le sue parole; nello stomaco quello sguardo carico d'odio. Non ce l'aveva fatta a restare, era corso via. Quanto tempo era trascorso? Una, due ore? Non lo sapeva. Era seduto in quel posto e osservava quell'accenno di vita che cercava respiro tra le strade in rovina della città.

La sagoma sfuocata di un uomo avanzava verso di lui tra la polvere e il fumo alzati da un carro armato inglese. Nel riverbero del sole Luigi scorse il volto familiare di Alfredo. Il dottore si avvicinò, guardò in alto, tolse il cappello e asciugò il sudore con il fazzoletto. Accese una sigaretta e offrì da fumare anche a lui.

«Mi hanno detto che Fortunato De Giorgis è morto. Sto andando a casa sua a vedere, pare che il cuore non abbia retto quando ha rivisto la figlia» annunciò il dottore.

Luigi non rispose, tirò una lunga boccata che lo fece lacrimare.

«Si dice che Gemma fosse andata dal padre per riconciliarsi e il vecchio non ha retto all'emozione» continuò Alfredo.

«Gemma non era figlia di Fortunato De Giorgis» disse Luigi.

Alfredo lo scrutò.

«Che volete dire?»

«Quello che ho detto».

Alfredo gettò la cicca per terra e si mise a sedere accanto a Luigi.

«Ve lo ha detto Ettore?»

Luigi fece segno di sì con la testa.

«Questo cosa cambia? Già lo sapevate che poteva essere così».

«Voi sapevate che Fortunato... amava Gemma?» si pentì di aver usato quel termine. «Lui abusava di lei».

Alfredo non rispose.

Luigi non sapeva più cosa pensare.

«È stata Gemma a ucciderlo...» affermò fissandolo.

«Ma che dite?» disse Alfredo scattando in piedi.

«L'ho vista. Lo ha fatto morire di... piacere. Li ho sorpresi insieme».

Alfredo sospirò.

«E questo che ha a che fare con la morte di Matteo?».

«Non lo so».

Alfredo scosse la testa, calzò il cappello e andò via.

«Pascariello cu' 'e cevez», l'uomo con un cesto fatto di foglie di fico intrecciate che vendeva gelsi scuri e dolcissimi, richiamava l'attenzione dei possibili avventori lanciando il suo richiamo per le strade. Luigi si era inoltrato nei vicoli del centro senza una meta precisa. Fermò un soldato inglese dall'aspetto sobrio e provò a chiedergli se gli alleati fossero entrati a Napoli. Il militare non capì nulla, sorrise, biascicò una frase incomprensibile e si allontanò.

Aveva solo voglia di andare via da quella città, da quei vicoli, da quella gente e da lei. Lo avrebbe fatto, ma non prima di aver capito in quale tela era stato intrappolato. A passo svelto si avviò verso il vicolo dove abitava Gemma. Entrò deciso nel portone e salì gli scalini due alla volta. Era determinato a scoprire tutta la verità. Non lo faceva più per Matteo, non lo faceva per nessuno, solo per se stesso.

La porta era aperta, entrò. La donna era seduta e fumava. Davanti a lei due tazze di caffè fumanti. Non era sorpresa di vederlo.

«Mi chiedevo quando saresti venuto, avevo preparato il caffè» disse accogliendolo.

Lo sguardo era duro e calmo, indifferente.

Luigi fremeva di rabbia. Capì che non gli interessava più sapere di Matteo, ma di lei. Perché lo aveva fatto? S'impose di restare calmo.

«Sono qua e questa volta voglio la verità».

Luigi si mise a sedere di fronte a lei. Gemma allungò una delle due tazzine verso di lui, e prese l'altra bevendo. Lui bevve il caffè e rifiutò la sigaretta che la donna gli offriva. In silenzio.

Lei accese e tirò due lunghe boccate. Il fumo rese sfuocato per un momento il suo viso. Gemma aveva sempre recitato, sostenendo la parte della moglie addolorata, della figlia che si era ribellata al padre colpevole di aver causato la morte della madre, adesso era là, mostrando la sua vera natura.

«Che cosa vuoi che ti dica adesso?» chiese Gemma. Si sporse sul tavolo, il vestito scollato lasciò intravedere il seno.

«Te l'ho detto, voglio la verità» disse Luigi distogliendo lo sguardo.

Gemma tornò a sedere e ricompose la scollatura.

«Non c'è mai una sola verità» rispose divertita. «Le cose non sono sempre facili, a volte bisogna dare una spinta al destino».

«Di spinte tu te ne intendi» disse con disprezzo Luigi.

Gemma sorrise.

«Fortunato ha avuto quello che voleva, quello che bramava da sempre. Dovresti apprezzarmi per aver dato a un vecchio l'ultima gioia della sua vita. In fondo per me era un estraneo, non era mio padre» disse divertita.

«In cambio di questo atto di generosità, che cosa hai ottenuto?».

«Quello che volevo: i soldi e l'indipendenza».

Luigi la fissò. Ancora una volta il viso della donna si offuscò, ma non era per via del fumo. Fu solo un attimo.

«Sarebbe stato disposto a tutto pur di avermi un'ultima volta. Io gli ho solo chiesto di mostrarmi il testamento. Era davvero un padre eccezionale, figurati che non mi aveva affatto diseredato. Sono ancora l'erede De Giorgis. Poi gli ho chiesto di distruggere il documento nel quale era scritto che non ero sua figlia e così...».

«Resti la sola erede legittima, visto che Ettore è escluso perché omosessuale, non si è sposato e non ha avuto un figlio» continuò Luigi, passandosi una mano sugli occhi.

Era spossato e una stanchezza improvvisa lo attanagliava serrandogli la gola.

«Nella vita bisogna scegliere, non si può avere tutto. Lui ha scelto di essere quello che è! Lui e il suo amichetto, a quest'ora, si staranno dando da fare per cercare il testamento, che però è ben custodito presso un avvocato di mia fiducia e, al momento opportuno, quando tutto questo caos finirà, verrà fuori. A loro non resterà che puntarsi una pistola alla tempia. Sono pieni di debiti» spiegò lasciandosi andare a una risata sguaiata.

«E tu che cosa hai scelto di essere?».

«Io vivo secondo la mia natura» rispose dura.

Luigi non la riconosceva. Solo pochi giorni prima piangeva alla notizia della morte del marito. L'immagine di Matteo bussò con violenza alla sua mente.

«E Matteo? Chi ha ordinato di ucciderlo?».

«Quei soldi me li sono meritati. Lo sai cosa ho dovuto subire da quando mia madre è morta? Le attenzioni... le mani addosso di quel porco. Ero ancora una ragazzina quando ha iniziato. Io quell'eredità me la sono meritata, me la sono guadagnata con la mia carne e la voglio!».

La donna parlava, ma le sue parole giungevano a Luigi lontane, ovattate, sempre meno comprensibili. Vedeva le sue labbra muoversi, ma non afferrava il significato di tutto ciò che diceva. Lo sguardo gli cadde sulla tazzina vuota del caffè. Capì!

Gemma si alzò e gli andò vicino. Gli prese la faccia tra le mani e l'avvicinò alla sua. Accostò le sue labbra a quelle di Luigi e lo baciò con violenza.

«Mi sarebbe piaciuto averti, ma ormai è troppo tardi. Volevi sapere di Matteo? L'ho fatto uccidere io. È il prezzo che Fortunato mi ha imposto di pagare per ottenere l'eredità. Lui voleva che fossi solo sua. Credevo che mi avesse cancellato dal testamento, invece non era così, quindi Matteo è morto inutilmente. In fondo mi è dispiaciuto. Matteo voleva darmi da vivere con le sue forze, come se un miserabile come lui potesse soddisfare una donna come me».

«Ma se erano i soldi che volevi, perché sei andata via da tuo padre?» domandò Luigi con un filo di voce. Sentiva le forze venirgli meno e la mente si offuscava sempre di più, ma voleva sapere.

«Non lo sopportavo più. Avevo davvero creduto di poter vivere senza lusso e senza agi, ma ho dovuto ricredermi subito. Quando poi hanno arrestato Matteo, ho capito cosa dovevo fare. Non ce l'avrei fatta a ucciderlo io, ma in galera sono cose che possono accadere» disse con un sorriso. «Sono tornata da Fortunato, ma non avevo intenzione di aspettare che morisse per la malattia, ho dovuto dare una spinta alla natura».

Luigi capì in minima parte ciò che la donna disse.

«Ho rubato io la sagitella e l'ho usata per uccidere quel porco di Antonio. Non è stato difficile spingerlo a fare quello che volevo, io so essere molto convincente. Speravo che la colpa potesse ricadere su Ettore ma... Speravo potesse servire a convincerti della sua colpevolezza. Io ti ho messo la mia verità davanti, ma non è bastato; credevo che tu potessi togliere di mezzo mio fratello, ma non sei quel tipo di persona, tu dovevi scoprire la ve-ri-tà» scandì divertita.

Luigi crollò con la testa sul tavolo, incapace di muoversi.

«Mi piaci, sono stata buona con te» disse lei alzandosi e accarezzandogli la testa. «Il veleno che ho preparato è indolore e agisce in poco tempo, non soffrirai».

Il mare calmo del golfo, l'odore di limoni e di menta, una voce femminile che lo chiamava e lui, con i calzoni corti, che correva in braccio a sua madre. Il vento fresco gli scompigliava i capelli, mentre si perdeva in quel dolce abbraccio e sentiva il profumo di casa, il sapore dei suoi baci.

Luigi fece ricorso a tutto ciò che poteva dargli forza, scavò nella sua mente in cerca di un appiglio che lo riportasse al presente. Con uno sforzo di volontà infilò la mano nella tasca dei pantaloni. Sentì il metallo freddo e inanimato della sagitella.

Biascicò qualche parola. Gemma non capì, si avvicinò e si chinò su di lui. Gli afferrò i capelli e tirò su con violenza la testa.

Il dolore diede a Luigi l'ultima scossa. Estrasse la sagitella dalla tasca e, con tutta la forza che gli restava, la spinse a fondo nella pancia della donna. Lei indietreggiò di qualche passo, guardò stupita la macchia rossa che si allargava sul vestito, fissò Luigi e cadde pesantemente sul pavimento.

«Luigi, Luigi…» il richiamo proveniva da un altro mondo, la voce era quella di sua madre.

Alfredo lo scuoteva continuando a chiamarlo. Fu l'ultimo ricordo.

La natura asseconda se stessa e decide per tutti. Una folata di vento improvviso, un passaggio di mani inconsapevoli: la tela è spezzata. La preda è libera. Il ragno è vittima. Secondo natura.

Plenilunio d'estate

di Piera Carlomagno

1990

La luce della luna è sfacciata. Fredda e invadente. L'aria circola in casa come uno spiritello dispettoso. Finestre e balconi sono tutti aperti. Il nostro bell'attico gira tutto intorno al palazzo. Camere dopo camere, mura alte, soffitti affrescati, pavimenti decorati.

Quando sfondammo la porta per entrare rimanemmo senza fiato. Giravamo, giravamo e la casa non finiva mai. Ma tutto questo spazio chi l'ha potuto riempire? Noi no, che ce ne stiamo rintanati in cucina e dormiamo tutti insieme come quando stavamo nel garage.

Per fortuna nessuno si lamenta. Le altre famiglie terremotate vivono dall'altra parte della città. Qui, nel centro storico, non ci vuole stare più nessuno. E io li capisco. Che qui le notti sono struggenti e i giorni disgraziati.

Guarda mo'. Tutta 'sta luce che entra dalle finestre. Io non dormo neanche stanotte. Ho paura di vedere quando cambierà. Quando là, dietro quel monte, sorgerà il sole e un'altra luce ammazzerà quella della luna, alta su San Pietro a Corte.

Così lo chiamano questo rudere puntellato di tubi e travi in legno. Dicono che sotto c'è la storia. E chissà che significa questo. Certamente niente per noi che di storia ne abbiamo una sola: quella della fame e della povertà e il resto poi che ci interessa…

Stanotte c'è un venticello caldo. Entra da Canalone e poi si fa il giro delle stanze. Ah ah che ridere, come Giannino, mio fratello piccolo, che qualche tempo fa ha trovato una bicicletta tra le tante cose che vengono a buttare qua sotto, e adesso gira, gira tra le stanze e certe volte viene e dice: «Ue', là, 'a chella parte ce sta 'na zoccola». «E va bbuo' – dice mammà – e pure loro hanna campà». Non glielo chiede se è 'na zoccola zoccola, oppure è una puttana, che pure loro ci vengono qua a fare i fatti loro e a mammà ci danno un terzo del guadagno, per il fitto del locale dice lei.

A mammà non te la scendi. Cioè non la fai fessa.

Lei vendeva le sigarette alla «pietra del pesce», poco prima della Giudecca, teneva un banchetto in un vicoletto nascosto di fronte al Comune. È furba mammà. Le sigarette le vendeva a peso, non a pacchetto, perché con la bilancia ci sapeva fare.

Io ero piccola e la mattina presto lei mi svegliava, mi dava pane e qualche cosa e scendevamo di fretta. Ogni giorno le casse sbarcavano a Santa Teresa e Gigino e Fegatiello ci portavano la nostra parte. Fino a che non se li salirono, insomma se li portarono in carcere, noi qua così diciamo, perché il carcere si trova in alto, in un ex convento, dicono, e dalle celle si vede il mare. Che paura quella mattina: «Fuje, fuje – gridava Gigino – Ammacchiatev, ammacchiatev» ripeteva Fegatiello. Li presero a largo Campo, mentre cercavano scampo nelle Fornelle.

Insomma noi li andammo a trovare a Gigino e Fegatiello in questo bel carcere, che poi, da dentro, non era bello per niente, ma loro ci dissero che ci dovevamo mettere l'anima in pace perché di vendere le sigarette non se ne parlava più.

E allora mammà che doveva fare? Proprio allora seppe che aspettava a Mario e con papà se le dettero di santa ragione. Schiaffi. E pugni e calci. Io mi misi a gridare e corse tutto il vicinato a vedere che stava succedendo. Pure Marinella, la ragazza più bella del quartiere che a papà diede un fazzoletto di nascosto per asciugarsi il sangue che usciva dal naso. A lui allora gli piaceva ancora pettinarsi bene, farsi la barba tutte le mattine e andare a prendere il sole a lungomare.

A mammà se la chiamò don Giuseppe Esposito e le diede da guardare un negozio da rigattiere. Dentro però c'era sempre la stessa roba. Non si vendeva quasi niente. Ma a don Giuseppe andava bene così. Per mammà questo era un lavoro facile e così ci salvammo.

Ah, stanotte questo venticello mi porta tutti questi ricordi.

Qua sotto ci sta un platano gigante, così la strada non la vedo. Affacciata a questo balconcino mi sento una regina. È stato sempre il posto mio preferito. Quando piango mi rifugio qua per non farmi vedere e quando sono felice vengo per respirare il mondo. Perché da qua sopra si vede il mondo. I tetti del centro storico di una città troppo bella, il silenzio e l'odore che sale dai vicoli nelle notti di luna piena come questa, il mare in lontananza, la linea dell'orizzonte e il cielo che pian piano si schiarisce, le piccole luci sulle due coste e tutto il resto, quello che non vedo, ma che posso immaginare.

Mi chiamo Gemma Coralluzzo. Ho diciasette anni. Mio padre si chiama Gaetano, ha quarantanove anni ed è disoccupato. Mia madre si chiama Filomena Gallo, ha quarantaquattro anni e fa quello che può. Prima di me c'è Mario, che ha vent'anni e dopo c'è Giannino che ne ha nove.

Mia mamma non voleva tanti figli. Così qualcuno lo ha rimandato indietro, dice lei, perché se no adesso eravamo sette in famiglia. Quando sta arrabbiata lei maledice la mammana e parla dei suoi figli morti come se li avesse persi in guerra, oppure sotto una macchina.

Da quando mi ricordo mia madre indossa sempre lo stesso vestito per uscire dal quartiere. Quando va a fare la spesa o sta in negozio indossa delle gonne nere, una maglia verde e una blu. Il negozio non è quello di antiquariato di tanti anni fa no. Quello lo chiusero, arrestarono don Giuseppe e per poco non ci andò di mezzo pure lei.

Adesso sta in un panificio a mezzo servizio. È grazie a lei che campiamo tutti e cinque quanti ne siamo. Mio padre ormai non ci pensa più nemmeno a rubare. A mio fratello Mario piace studiare e io devo tenere pulito e fare da mangiare. Nel frattempo lei sale e scende, chiama e aspetta, nasconde e conta. Non si sa che fa. Una volta sono tovaglie ricamate e l'altra sono telefoni cellulari, scatole e pacchetti, buste e fagotti, nelle stanze dall'altra parte cerco di non andarci mai. Là lei tiene tutti i suoi affari. Le pulisce tutte da sola e ci ha messo una tenda da un lato del corridoio e un'altra dall'altro lato, poi degli armadi a chiudere e di là c'è un'altra porta di ingresso. E dietro si sentono fruscii e voci.

Io non lo so se quelle sono voci vere oppure se è il vento che porta quei sussurri dalla strada.

Il mio balconcino è proprio prima della tenda gialla, quella che chiude il lato destro della casa, appena si entra dalla porta di ingresso.

Che notte incredibile, che alba superba.

Guardo in basso, vedo poco, le foglie del platano ondeggiano al vento, c'è un uomo che si dondola sulle gambe posteriori di una sedia, il collo e la testa attaccati al muro. Lo intravedo tra le fronde, prende l'aria fresca del mattino che sta per arrivare. Una donna trascina qualcosa lungo la strada, un pacco troppo pesante per lei. Detesto l'idea di essermi alzata anche oggi all'alba, quando ancora solo qualche luce qua e là illumina le finestre dei palazzi. C'è chi va al lavoro presto. Questo è un quartiere di gente povera, ma poetico da far innamorare e qualcuno di più importante è venuto ad abitarci negli ultimi tempi.

Adesso c'è movimento lì sotto. È strano a quest'ora. Eppure vedo gente che si muove, il platano mi impedisce di distinguere le persone ma ce ne sono tante, una piccola folla. Da qui anche i suoni sono ovattati, ma sembrano grida di disperazione, di dolore. In tanti si affacciano, agitano le braccia, decisamente urlano, guardano su, verso di me.

Ora bussano alla porta, dei colpi sordi, ripetuti, poi il campanello: «Mamma!» grido io. Lei arriva ciabattando, gli occhi ancora gonfi di sonno, i capelli spettinati.

«Mammà, che succede?»

Lei non mi guarda, pare non accorgersi di me. Lo fa sempre quando è agitata. Non mi prende in considerazione, in un momento così figuriamoci.

«Filome' – appare Franco il lattaio. Lui apre il negozio alle 5 la mattina – Vieni, è successa una cosa terribile».

Mamma si chiude la vestaglia e corre, corre giù per le scale, un piano dietro l'altro, senza dire manco una parola. Senza alzare lo sguardo verso di me che la chiamo disperata da sopra: «Mammà, mammà, dove vai?».

Allora scendo piano piano pure io. Nessuno è rimasto ad aspettarmi, sono tutti dietro di lei, è lei che conta, è sempre stato così.

Io metto un piede davanti all'altro, faccio un gradino alla volta, non mi va di farmi male, sono prudente, come sempre. Ai due lati delle scale le porte sono aperte, gli appartamenti vuoti, non c'è nessuno. Arrivo al portone e un capannello di persone copre qualcosa. Mi infilo facilmente, sento mia madre che urla, urla, urla fino all'inverosimile. Mi sento improvvisamente svuotata, mi gira la testa, sono confusa, cerco di spingere, ma passo, supero la folla. Nessuno bada a me. C'è una coperta a terra, che copre qualcosa o meglio copriva qualcosa. Mia madre la lancia in aria. Io non vedo, non riesco a vedere, se non una mano abbandonata a terra, con le unghie laccate di rosso, uno smalto vecchio, consumato dai servizi di casa e un braccialetto, quello d'argento, con le pietrine verdi, un gioiello, il mio gioiello, quello che papà mi ha regalato quando ho compiuto sedici anni. Da allora non me lo sono mai tolto.

Nessuno bada a me. Mammà piange. Alza le mani al cielo. E grida, grida Gemma, Gemma mia.

***

Il commissario Russo guardò in alto. Oltre il terzo piano, sulle polifore intrecciate di tufo giallo e grigio, il balconcino di ringhiera verde era su un piano costruito più di recente, una superfetazione sul palazzo normanno che era stato di proprietà della famiglia Fruscione. Tra vicolo Adelperga e il rione dei Barbuti, proprio di fronte alla «Figurella» dell'ospedale dei Pellegrini, Russo pensò alla bellezza di quei luoghi, il cuore della Salerno vecchia, l'anima della città. Dannata però, annusò l'aria.

Il magistrato di turno era la dottoressa Francesca Trotta,

uno scricciolo di donna autoritaria, che in mezz'ora aveva fatto già portare via il cadavere e raccolto una serie di testimonianze. Nomi, indirizzi, mestieri, solo per routine, aveva assicurato, ma Russo sapeva che anche lei aveva dubbi seri: «Causa apparente: suicidio», aveva fatto scrivere sul verbale, ma continuava a saettare sguardi intorno.

Franco il lattaio aveva detto: «Nessun grido, ma qualcosa sì… prima del tonfo, come un singhiozzo, una meraviglia», poi si era pentito di quelle parole: «E che ne so? Stavo scaricando le casse di latte, guardavo a terra».

Peppino 'a ninna nanna se l'era vista cadere ai piedi e pure lui era caduto dalla sedia sulla quale si stava appisolando un'altra volta, dopo essere uscito di casa per il caldo che nelle ex stalle del piano terra era ancora più insopportabile.

Stellina 'a cinese aveva sparso sulla strada tutto il carico di patate che stava andando a vendere al mercato. Non si era accorta di niente, aveva solo visto sangue e sentito un rumore sordo, un suono che dava la nausea. E mimava conati di vomito.

Chissà, si chiese il commissario Russo, da dove poi era uscita tutta quella gente che aveva formato un capannello stretto sul cadavere di quella povera ragazza e che, ora che la scena della disgrazia era disegnata da un gessetto bianco e da larghe chiazze di sangue, sostava nella piazzetta chiacchierando incessantemente. Ad alta voce poi e non, come sarebbe stato conveniente, sussurrando, ma esclamando, domandando, chiamando da un gruppetto all'altro, da un lato all'altro, mandando su e giù saracinesche, a seconda se arrivavano o se si risolvevano a chiudere per lutto.

Alla magistrato tutto ciò faceva comodo, aveva capito Russo, ché lei voleva guardarli a uno a uno questi vicini rumorosi e partecipi. L'indagine non l'avrebbe archiviata tanto facilmente, era chiaro. Russo ne era stato certo guardandola in faccia mentre la povera mamma della ragazza morta le aveva sussurrato, prima di prendere le scale per tornarsene a casa scortata da due donne già vestite di nero: «Non l'avrebbe fatto mai, non si sarebbe uccisa la mia Gemma».

Il sole già alto mandava i raggi obliqui sulla facciata giallina di palazzo Fruscione, sfiorando e accarezzando il campanile di San Pietro a Corte. Russo si soffermò a guardare la lunga corda che i balconi del secondo piano condividevano facendola girare intorno a due carrucole. Accanto agli archi a punta e alle colonne che scomparivano dietro l'angolo affacciandosi sul vicolo, tre file di panni stesi, gialli, rossi, viola... Non erano serviti ad attutire il colpo e del resto il corpo era atterrato più avanti, quasi al centro della piccola piazza. Indubbiamente era un indizio. Chissà se la dottoressa lo aveva notato.

Neanche il grande platano era servito a bloccare la caduta, per quanto grande era leggermente spostato rispetto alla traiettoria che il corpo aveva compiuto, sfiorando solo le ultime foglie che infatti giacevano a terra tutto intorno.

La Trotta intanto aveva già ordinato l'autopsia e spiegato a Filomena che di funerali non se ne parlava per il momento. Il corpo rimaneva sequestrato almeno fino a tutto il giorno dopo. Poi aveva puntato un ragazzo, che se ne stava in disparte con le spalle scese e un ciuffo di capelli bruni disperato sulla fronte, si era avvicinata abbastanza da leggergli uno sguardo spento e un poco spaventato, come se si stesse interrogando sul proprio futuro: «La conoscevi?», gli chiese. Lui fece un po' fatica a metterla a fuoco. Non sapeva affatto chi fosse e non solo per poca dimestichezza con le procedure giudiziarie. Proprio non l'aveva ancora notata: «Sì» si limitò a dire, poi fece un quarto di giro su se stesso, come a chiudere la conversazione.

La dottoressa Trotta non si fece intimidire: «Era la tua ragazza?» insisté.

Lui si portò entrambe le mani al volto, sollevò gli occhiali con la montatura marrone e mormorò: «No, mi dispiace, no».

«Cosa ti dispiace?».

«Mi dispiace che non fosse la mia ragazza. Ma non voleva, non voleva proprio. Io l'amavo da tanti di quegli anni… Ma lei chi è?» sembrò improvvisamente offeso.

«Francesca Trotta. Sono il magistrato di turno, svolgerò le indagini».

«Indagini per cosa?».

«Tu cosa credi sia accaduto? Che Gemma, così si chiamava vero? Che Gemma abbia deciso di farla finita? E perché?».

«Io non lo so, non ne ho idea».

«Non te lo sei chiesto?».

«Veramente no».

«Eppure, mi pare, la conoscevi bene».

«Benissimo, eravamo molto amici. Lei voleva così».

«Come ti chiami?».

«Rocco, Rocco Giudice, abito a vicolo Adelperga, qua dietro» disse lui come risvegliatosi dal torpore.

«Bene Rocco, Gemma aveva qualche motivo per suicidarsi?».

«No, non che io sappia in effetti. Oddio, aveva una vita difficilissima, era povera, lavorava dalla mattina alla sera, suo padre non era in grado di darle nulla, non aveva trovato ancora la sua strada, ma suicidarsi… no, non credo. Anzi, ultimamente aveva un sogno. Voleva andare a chiedere lavoro in quell'albergo che sta sul lungomare. Voleva fare le pulizie, oppure preparare la colazione, ma le piaceva quell'albergo sul mare, le stanze e il via vai di persone che arrivavano da chissà dove, che se ne andavano per non tornare più. Quando me ne parlava i suoi occhi brillavano. Finalmente aveva un progetto».

«E non aveva un fidanzato?» chiese la Trotta senza troppi sentimentalismi.

«No – disse lui brusco – ne aveva avuto uno o due, ma tanto tempo fa, niente di importante».

«Nessuna lite, nessuno che la perseguitasse?».

Lui scosse il capo e parve averne abbastanza.

«Dove ti trovo se ti cerco?» chiese lei comprendendo che la conversazione era finita.

«Vicolo Adelperga, 6, Giudice. Buongiorno» e se ne andò verso casa.

Il commissario Russo si avvicinò: «Che ne pensa?» le chiese. Lei gli spiegò le sue perplessità, lui parlò del sospiro sentito dal lattaio nel silenzio dell'alba, della strana traiettoria del cadavere atterrato troppo lontano dal punto in cui era caduto e delle corde dei panni intatti.

«Proceda pure liberamente – concluse la Trotta – le comunico immediatamente i risultati dell'autopsia, lei mi tenga al corrente di ogni scoperta». Poi s'infilò nell'auto marrone che scese per via Canali e attraverso i vicoli si avviò verso il mare.

***

Ci sono manifesti col mio nome dappertutto. «In circostanze tragiche è venuta a mancare all'affetto dei suoi cari…», Gemma è scritto grande, di anni 17. Vicino c'è l'immagine della Madonna. Le esequie si svolgeranno…

C'è un'atmosfera strana nel quartiere. Da quando sono scesa non riesco più a rientrare in casa, mamma al negozio non ci va più e non esce nemmeno per fare la spesa. C'è un via vai di gente che le porta da mangiare, pasta e minestra, carne e patate. Quando si incrociano sul portone bisbigliano: «Come sta?», «E come deve stare? È morta pure lei». Io penso che non si meritava pure questo dolore, vorrei vederla, ma non so come muovermi. Resto ferma con questa prospettiva: la mia sagoma disegnata a terra, il portone di palazzo Fruscione, il campanile di San Pietro a Corte, il lattaio, il panettiere e Rocco che passa e ripassa, guarda a terra e guarda in alto, si mette le mani in testa e si asciuga le lacrime. 'O ninna nanna ha ripreso a dondolarsi sui piedi posteriori della sedia, qualche volta chiama le donne che salgono da mammà e dice: «Quasi quasi mo' ci salgo pure io da Filomena», ma poi non tiene il coraggio e si rimette a dondolare. Una volta ho visto a papà che si ritirava sotto i muri e faceva finta di non vedere nessuno. C'è un signore che viene tutti i giorni, entra nei negozi e fa domande su di me e sulla mia famiglia. Lo chiamano commissario, ma veramente non riesco a capire che va cercando qua.

Stasera ho sentito Franco il lattaio che diceva a una cliente: «Nun s'è accisa, l'hanno buttata». «Aaahhh - faceva lei e si metteva una mano davanti alla bocca – E tu come lo sai?».

«Non lo vedi il commissario che sta sempre qua. E secondo te, si s'era accisa la polizia indagava?».

Io penso che si stanno sbagliando tutti quanti. Perché io appena posso torno a casa e glielo dico: «Mammà, sto ca'.

Non ti disperare che io non ti lascio».

Se devo dire la verità non mi ricordo. Non potevo dormire e mi stavo fumando una sigaretta sul balcone. Mammà non vuole che fumi. Epperò io glielo dico sempre: «Mamma, io in mezzo alle sigarette ci sono nata. E come faccio a non fumare se l'odore del tabacco lo tengo infilato nelle narici da quando ero una bambina». Lei sospira e mi abbraccia: «Gemmi' a mammà, che brutta vita che ti ho fatto fare». Ma io dico che non è vero e poi sono ancora giovane e a lei e a papà voglio dare tutte le soddisfazioni che si meritano.

Insomma io mi stavo fumando una sigaretta e stavo guardando il sole che nasceva, 'o ninna nanna che era uscito a prendere aria, una donna che passava e poi… ah! Qualcosa nello stomaco, forte, come un pugno o come uno spavento.

Di più adesso non mi ricordo. E quanta gente che si ferma a guardare la sagoma, che pure lei piano piano sta sparendo. Guardano a terra, la seguono col dito, poi indicano il balcone in alto, lo mostrano agli amici.

Ieri è venuta Bettina la fattucchiera da vico dei Caciocavalli. Lei, per la verità, è ebrea e più che fattucchiera scaccia a Lilith, la civetta, quella che di notte seduce gli uomini e insidia i bambini maschi. Pure mammà una volta c'è andata, per scoprire chi si stava rubando a papà. Pensava che Lilith era entrata dalla finestra e voleva catturarla con la scodella capovolta, ma io le dissi che quello era solo un pipistrello.

Insomma Bettina è venuta e mi ha guardata dritto negli occhi. Sì, proprio così. Stava sul portone e mi guardava. Poi si è messa a piangere, ha fatto dei segni nell'aria con la mano, si è girata e si è messa a salire le scale. Quando è scesa teneva gli occhi pieni di dolore e non mi ha guardato più. Si è infilata nel vicolo Adelperga e se n'è andata.

***

«Commissario Antonio Russo – disse a Mario che gli aveva aperto la porta – ci sono i tuoi genitori?».

La tenda gialla ondeggiò e i soliti sussurri meravigliarono il poliziotto.

«Trasite commissa' – rispose il ragazzo – C'è mammà, sta in cucina, venite, vi accompagno».

Russo si guardò intorno frastornato. La luce accecante, i soffitti altissimi, gli spazi vuoti. Capì dopo un poco, ma era lì per un altro motivo.

Filomena lo guardò accigliata. Poi, con un piccolo scatto della testa posò gli occhi altrove, mantenendo un'espressione amara e, sorridendo un poco, annuì leggermente, come a dire: «Lo so, lo so, è quello che mi tocca». Invece restò muta, guardando un punto indefinito, in attesa.

«Signora scusate il disturbo – sussurrò Russo – mi posso sedere?».

«Volete il caffè?» domandò Filomena sempre senza guardarlo.

«Per carità – rispose lui – non sono qui per una visita di cortesia. Noi vogliamo essere sicuri prima di archiviare l'indagine per suicidio».

Filomena restava immobile.

«Se non vi è venuto niente in mente da dirmi, io vorrei visitare un poco questa grande casa, vedere la stanza di Gemma, le sue cose, guardarmi un poco intorno».

«La stanza di Gemma è quel letto là – fece Filomena accentuando il sorriso amaro e indicando una brandina tra le altre proprio fuori la cucina – Le sue cose stanno sotto.

Guardate, guardate pure, girate, fate quello che volete». E si voltò di spalle, faccia al muro.

Russo stava a disagio. Tossì un paio di volte, poi si risolse ad alzarsi preoccupandosi di fare abbastanza rumore da far capire a Filomena tutto quello che faceva. Scostò la sedia, mosse quattro o cinque passi avvicinandosi a quel lettino stretto coperto solo da un lenzuolo rosa pallido, con sopra un cuscino a forma di cuore e un gattino di peluche.

Poi si piegò sulle ginocchia e sollevò il lembo del lenzuolo per guardare sotto. C'erano due scatole di cartone, di quelle che i negozi di alimentari usano per trasportare la merce. Ne tirò fuori una e la aprì. Dentro c'erano cianfrusaglie da ragazzina, foulard, cerchietti, scatoline con bigiotteria e ninnoli vari, penne e gomme per cancellare. Poi qualche fotografia di lei bambina con i fratelli al mare, sulla vicina spiaggia di Santa Teresa, con la faccia sporca di sabbia e i capelli bagnati, una risata a illuminare il mondo. E infine un giornaletto con la copertina strappata, un Topolino con le pagine arricciate e ingiallite dal tempo.

Nell'altra c'era poca roba simile. Solo, il commissario tirò fuori un depliant del Jolly hotel, la facciata bianca immersa tra le palme del lungomare, le camere ariose, la sala convegni… il sogno di Gemma.

Con una certa fatica si tirò su: «Allora io vado… insomma faccio un giro, guardo un po'…».

Filomena restò immobile e in silenzio.

Riapparve Mario che gli fece un cenno alzando il mento e corrugando la fronte: «Fate, fate pure» voleva dire. E Russo andò.

Prima di tutto ai balconi centrali, quello, in particolare, da cui Gemma era precipitata.

Pochi centimetri di larghezza, giusto un poggiapiedi di marmo bianco, sbrecciato intorno, aggredito dalla vegetazione, chiuso da una ringhiera nera, abbastanza alta, tanto da arrivare molto sopra la vita di una persona normale.

Che fosse caduta accidentalmente era veramente improbabile. Per buttarsi si sarebbe dovuta tirar su, aggrappare: sarebbe caduta più vicina. Invece una spinta... pensava Russo.

Rientrò. La casa era immersa nel silenzio. I raggi del sole del pomeriggio erano obliqui, insinuanti, curiosi. Rimase per un momento fermo senza riuscire a risolversi. Poi si girò. Lo sapeva che il suo obiettivo era lì. Dietro la tenda gialla e gli armadi.

Il fruscio che aveva sentito poco prima gli era rimasto dentro come un campanello d'allarme.

Mario era ancora lì intorno, anche lui incerto se assistere il poliziotto.

«Che c'è qua dietro?» Russo gli domandò.

«Tz – prese tempo il ragazzo – Affari di mamma».

«Che affari?».

Mario vagò intorno con gli occhi. La mamma restava di spalle, immobile, in cucina: «Chiedetelo a lei».

Russo si diresse deciso alla tenda e con un movimento da sinistra verso destra la aprì. Mario sussultò.

***

Stanno scendendo da via Tasso, arrivano dalle Fornelle, dai Barbuti, dalle Galesse, sbucano dal Duomo e pure dal vicolo delle Zoccole. C'è il funerale.

La dottoressa Trotta ha dato il via libera. L'autopsia non ha rivelato nulla di importante. Ho sentito dire che hanno restituito il cadavere. Ma nessuno è tornato a casa. Il carro funebre deve arrivare da San Leonardo, dall'ospedale. Mamma, papà e pure i miei fratelli si sono vestiti bene stamattina.

Quando è scesa mammà ci sono volute tre persone per tenerla. Lei che era così forte.

Le campane stanno suonando a morto già da un quarto d'ora. Sembra un evento importante. C'è un gran bisbigliare, affrettarsi e chiudere porte. Pare che questa funzione nessuno se la voglia perdere. C'è chi piange già, chi si abbraccia e bacia, chi si mostra più informato degli altri e riferisce, riferisce, riferisce.

Finalmente non sono più immobile davanti al portone, posso andare, entrare dove voglio.

La chiesa dell'Annunziata è già stipata di persone. Sono lì per me. Anche il sagrato è pieno di gente, fin su, nei vicoli delle Fornelle. Da là è sceso pure don Amedeo. Gli fanno largo, gli uomini si tolgono il cappello, le donne gli baciano la mano. Lui è elegante, come sempre. Indossa una giacca blu e dei pantaloni chiari, fuma il sigaro. Si avvicina alla chiesa e prima di entrare lo spegne. Si avvicina all'acquasantiera e si fa il segno della croce.

C'è silenzio adesso. Lui entra in sacrestia. La gente ricomincia a bisbigliare. Le campane continuano a battere i loro colpi. Dong, dong, dong.

Arriva Rocco. È distrutto. Quanto mi ama.

Arrivano i vicini. La signora Caterina, quella che sta al terzo piano, con tre dei suoi figli, uno in braccio col dito ficcato in bocca. Mariagrazia e il marito del secondo, una coppia senza figli, sempre tristi, stanno invecchiando precocemente con la speranza che se ne va ogni giorno di più. Poi Franctiello, che abita sotto la nostra cucina e lavora al Comune e tutti i giorni ci viene a dire che non dobbiamo stendere i panni gocciolanti sui suoi balconi. Eggesù e dove li dobbiamo stendere? Mammà gli dice sì e gli chiude la porta in faccia per non perdere tempo. E ci sono pure i fratelli De Santis, mamma mia che paura che mi facevano da bambina, con quegli occhi verdi che mandano lampi.... E guarda, è arrivato pure il dottore del primo piano. Sempre lindo e pinto, con la sua valigetta inseparabile, gli occhialini rotondi e quel tic all'occhio sinistro, una specie di imbarazzante occhiolino a intermittenza, la barbetta leggera e la bocca stretta, bello però, a modo suo. Tira fuori dalla tasca un fazzoletto bianco e si asciuga il sudore.

Arriva la macchina delle onoranze funebri. Dietro il carro, dentro ci sono io.

La bara è bianca, sopra ci sono delle rose rosa. Mamma cade una volta e Mario e papà la prendono. Dietro c'è Giannino, con in mano un camion con rimorchio senza ruote.

C'è un silenzio assordante. Entriamo in chiesa. La gente prende posto. Sull'altare, in attesa dell'arrivo della bara c'è don Francesco. Lui è giovane, si dà tanto da fare con i ragazzi del quartiere. Con me scherzava sempre. Diceva: «Gemma Gemmina, vieni a cantare con noi il sabato pomeriggio». Ma io tenevo che fa'. Non ci andavo mai.

Vicino a lui c'è la piccola Angelina, con la sua vestina rosa e i codini alti sulla testa bionda. Sta dritta, seria, e guarda insistentemente verso un punto, tra la gente in piedi in fondo alla chiesa. Perché lei è.... morta. Un anno fa. Finì sotto un'auto a via Roma, sfuggendo dalla stretta della mamma. Lei era sempre in chiesa con don Francesco, a giocare, cantare, non perdeva una messa. Chissà chi guarda...

La cerimonia va avanti tra singhiozzi repressi e preghiere

sussurrate. Davanti, nel banco a sinistra, quelle povere quattro persone che sono state la mia famiglia sembrano quattro stracci buttati per terra. Si avvicina Fiorella con Annamaria, le mie amiche del cuore. Abbracciano mamma, quanto piangono. Il Padre Nostro viene recitato a voce alta, come sempre. Poi la benedizione, la bara circondata dall'incenso, i canti. Papà e Mario prendono il posto degli uomini delle onoranze funebri e portano fuori il mio corpo.

È l'ultimo viaggio. Quello verso Brignano, il cimitero. Ma lì non ci vado, non voglio vedere come mi seppelliscono.

***

Il commissario Russo non si sarebbe perso il funerale per niente al mondo. Ci era andato e aveva guardato attentamente tutti i partecipanti. Una folla certamente. Ma si distingueva bene chi era lì per curiosità o per dovere di vicinato e chi era lì perché ci teneva veramente.

Per esempio quel ragazzo, Rocco, e i vicini, tutti gli abitanti del palazzo Fruscione.

E dopo la cerimonia mandò via la macchina e tornò a piedi a larghetto San Pietro a Corte.

Era ancora sconvolto per quello che aveva visto il giorno prima dietro la tenda gialla.

Casse e casse di roba di ogni genere. Contrabbando, merce contraffatta, forse merce rubata, borse, capi d'abbigliamento, jeans, giubbini di pelle, radio, stereo, pezzi di automobili, computer, o anche penne, macchine fotografiche, lampadine. La prima stanza era stracolma di queste cose. Russo ci era rimasto mezz'ora, cercando di aprire quante più casse possibile, sudando e stancandosi da morire.

Ogni tanto Mario si affacciava e poi riaccostava la tenda.

Finalmente aveva deciso di andare oltre. E dalla seconda stanza in poi aveva trovato un paio di alcove, ricavate con tende e separé, ognuna dotata di un elegante catino per l'acqua, uno specchio, un letto pulito e un appendiabiti.

E poi l'uscita, un'altra porta d'ingresso che dava sullo stesso pianerottolo del quarto piano.

Era rimasto senza parole.

Aveva continuato a guardarsi intorno con la bocca aperta sollevando gli orli dei copriletto leggeri, uno azzurro e l'altro giallo oro.

Non c'era nessuno. Filomena certamente aveva bloccato ogni attività. Però lui continuava a sentire dei sussurri, avvertiva delle presenze.

E intanto pensava: nessuna depressione, nessuna infelicità, nessuna ombra nella vita di Gemma. Così gli aveva detto Filomena: «Commissa', fidatevi, mia figlia nun s'è accisa».

Quando era tornato in cucina la donna gli aveva messo un caffè davanti, così, senza parlare. E pure lui non aveva avuto il coraggio di dire niente.

Ma adesso doveva tornare, perché quella casa con due vite parallele, quella donna con l'anima scissa, quella mamma addolorata, quella femmina col pallino del malaffare, non lo lasciavano riposare.

E così si era seduto in trattoria, poco distante da quel palazzo, lungo via dei Canali, accanto alla vetrina e da lì si era guardato il via vai delle persone del quartiere, il ritorno dalla chiesa, il chiacchiericcio, in attesa di poter salire di nuovo perché lui lo sentiva, la soluzione di quell'omicidio, perché di omicidio si trattava, ora lo sapeva, non era lontana da lì.

Davanti a una frittura di paranza col limone, accompagnata da un bianco di Ravello, guardava, un po' di lato per come stava posizionato, la facciata di palazzo Fruscione. Ne era affascinato.

Vide uscire sul balconcino del primo piano una domestica, probabilmente, che trafficò un po' con le cose fuori, poi prese a innaffiare le piante, soffermandosi su ognuna di esse per spolverarle amorevolmente, spostarle un poco, togliere qualche rametto secco. Poi sollevava il busto e la ammirava per qualche secondo. Finché forse un rumore proveniente dall'interno, una voce, un richiamo, non la distolsero da quel piacevole compito e lei rientrò e chiuse facendo tintinnare leggermente il vetro.

Esattamente un piano sopra, proprio in quel momento nel balcone spalancato ci fu un improvviso svolazzare di tende. Segno che qualche porta o finestra era stata aperta dall'altra parte e il vento quel giorno era caldo, ma deciso. Tende bianche, sottili, quasi trasparenti. Incurante di quella piccola bufera, si affacciò un giovane, alto, bruno, che appoggiò entrambe le mani alla ringhiera e cominciò a guardarsi intorno. Quando guardò nella direzione della trattoria, Russo si accorse che aveva occhi notevoli, chiari, penetranti, da gatto.

Fu in quel momento che una macchina spuntò da via dei Canali e si fermò proprio davanti al portone del palazzo.

Russo vide uscire la famiglia Coralluzzo di ritorno dal cimitero. Filomena pareva star meglio. Aveva ripreso il piglio deciso di cui il commissario tanto aveva sentito parlare. Subito accorsero alcune donne che portavano il «consolo» e lei impartì qualche direttiva a marito e figli che si dispersero e indicò la strada alle donne perché salissero in casa con lei.

Russo assaporò l'ultimo gamberetto e si godette l'ultimo mezzo bicchiere di vino. Poi chiese il conto.

Salì. Incurante delle donne. Voleva rivedere quella casa, era sicuro che osservando meglio avrebbe capito. Non aveva molto tempo. Il sostituto Trotta aveva parlato chiaro: quarantotto ore ancora. Poi avrebbe chiuso il fascicolo come suicidio.

Al primo piano la porta si aprì per un attimo e poi si richiuse. Non fece in tempo a vedere chi si era affacciato. Al secondo si sentiva musica neomelodica e odore di carne bruciata. Al terzo pianti e strepiti di bambini. Il palazzo senza ascensore lo stuzzicava. Avrebbe fatto visita a ognuno degli inquilini, in giornata.

Ma per adesso sentiva forte il richiamo di casa Coralluzzo. Quando Filomena aprì non disse niente e si aggiustò una ciocca di capelli sulla fronte col polso, lisciando con l'altra mano il grembiule. Segno che stava cucinando. Buon segno, pensò Russo e le sorrise.

Lei si fece da parte e col mento gli indicò di entrare.

Non aveva visto niente di strano. Le signore, tre per la precisione, lo avevano fatto sedere a tavola e chi gli chiedeva di passare l'olio, chi di assaggiare il sugo, chi di spegnere il gas. Nel frattempo gli raccontavano di Gemma: «Commissa' era bella», «Commissa' era intelligente», «Commissa' era curiosa curiosa, 'na figl'e 'ntrocchia, proprio come a sua madre» e strappavano un sorriso pure alla povera Filomena che aveva ripreso un poco di colore e le ascoltava impastando e mescolando.

«Insomma commissa', che dite, che è successo? - le sussurrò un donnone vestito di nero appena Filomena si allontanò per andare nel bagno – Io non mi faccio capace che la ragazza si è ammazzata. Non ci credo, poi, con tutta la gente che andava avanti e indietro qua… ».

«Eh signora, e voi che sapete di quello che si fa in questa casa?».

«E che so commissa'? Quello che sanno tutti. Filomena dietro quella tenda non ci fa entrare nessuno. Ma tutti sanno che compra e vende roba, cose così, tanto per arrotondare».

«Per arrotondare che cosa? Qual è l'attività principale di questa famiglia?».

«Uh commissa' – si schermì lei – Ah, ecco Filomena, andiamo andiamo, io penso che la pasta è cotta. Favorite commissa'?».

«Buon appetito signore, io me ne vado. Ma torno tra poco, aspettatemi per il caffè».

Quando entrò dal dottore Fulvio Spera, al primo piano, la segretaria gli chiese di attendere e lo fece accomodare su un divano due posti di pelle nera.

L'appartamento girava tutto intorno al palazzo, proprio come quello dei Coralluzzo, e anche qui il proprietario da una parte aveva lo studio formato da due camere grandi, una delle quali era il laboratorio, e dall'ingresso-segreteria, il regno di quella donna col naso a punta e gli occhiali con la montatura nera che gli aveva aperto la porta.

«Il dottore sta visitando – disse lei dopo una breve assenza – Dovrebbe attendere».

«Certo» rispose sorridendo Russo. E si riaccomodò.

Sulla testa dell'infermiera campeggiava un orologio a pendolo, di quelli piccoli, corti, da parete. Era puntato sulle 15:10.

A un certo punto dall'altra parte rispetto allo studio, una porta si aprì e nel vano comparve un'altra donna, piuttosto giovane, non bella, curata e ben vestita. Salutò con cortesia e si rivolse alla segretaria: «Mio marito è impegnato?» chiese.

«Sì signora – rispose l'altra – ha una visita, poi c'è qui il commissario che lo aspetta».

La donna si voltò verso Russo con aria interrogativa.

Lui si alzò e le porse la mano: «Commissario Antonio Russo della polizia di Stato, i miei rispetti signora».

E poiché lei non si toglieva quel punto di domanda dagli occhi, continuò: «Mi farebbe piacere scambiare due chiacchiere anche con lei, a proposito della ragazza del quarto piano».

«Come mai, commissario, vi occupate di un suicidio?».

«Prima di chiudere il fascicolo raccogliamo qualche elemento, signora. Niente di speciale».

«Mi dica pure».

«La conosceva?».

«Non ci avevo mai parlato, se è questo che intende dire».

«Le sembrava una ragazza che avesse problemi?».

«Affatto, era piuttosto dinamica, allegra, beneducata. Salutava sempre e sempre col sorriso. A volte scendeva le scale saltellando. La cosa mi innervosiva perché sentivo, in quegli attimi, una specie di tuono sordo, ma non mi sarei mai sognata di dirglielo. L'allegria non va mai repressa. Ecco, se vuole il mio parere, questo suicidio è del tutto inaspettato».

In quel momento si aprì la porta dello studio e ne uscì una donna sulla sessantina che ringraziò il medico e si diresse verso la segretaria.

«Un momento signora – le disse l'impiegata e si avviò verso la stanza dove il dottore era già in piedi e attendeva di incontrare il commissario.

«C'è sua moglie» gli disse.

Il dottore Spera si risolse a uscire e, facendo cenno con una mano alla moglie di avvicinarsi, tese l'altra al commissario schiacciandogli l'occhiolino: «In cosa posso esserle utile?».

«Il commissario indaga sulla morte della povera Gemma» riferì la signora.

Il dottore guardò Russo con un'aria interrogativa perdendo il controllo del tic: «Come mai? – chiese e ammiccò ancora – Mi pareva si trattasse di suicidio».

«Certo, certo – spiegò il poliziotto – Ma non vogliamo trascurare niente».

«Capisco, si accomodi. Entra anche tu cara. Volevi dirmi qualcosa?».

«Niente che non possa attendere, ma mi scuserete, rientro in casa».

Russo si inchinò leggermente e le strinse la mano prima di sedere davanti alla scrivania del dottore.

«Mi dica pure, cosa vuole sapere? Avete qualche indizio che possa far pensare che la ragazza non si sia suicidata? Potrebbe essere caduta?».

«Le ripeto – rispose Russo – Niente di importante. Probabilmente già domani archivieremo il fascicolo. Voglio sapere però anche da lei se ci aveva mai parlato, che tipo le sembrava, se ricorda qualcosa di particolare».

«Beh, una ragazza un po' strana».

«In che senso?».

«Non so, come se avesse dentro qualcosa di antico, non so come spiegarglielo».

«Ci provi».

«La ragazza era bella, ma non ci badava. Non la conoscevo affatto, ma quando la incontravo percepivo un'ombra nei suoi occhi. Di più non so dirle».

«Il suicidio insomma non la meraviglia».

«No, affatto. Vede commissario, per me che incontro decine di persone al giorno, soprattutto in ospedale, è più facile intuire il malessere dove c'è» e chiuse l'occhio due volte di seguito.

Russo si alzò e osservò lo studio riluttante ad andarsene. Si piegò in avanti: «Che cos'è?», chiese guardando uno strumento appuntito piuttosto inquietante, sembrava molto tagliente, era chiaramente antico e conservato in una teca su un lato della grande scrivania di noce.

«È una sagitella, veniva usata per il salasso ai tempi della scuola medica salernitana. Pensi che l'ho rilevata dalla polizia, proprio dai suoi colleghi. Era sequestrata perché nel 1943 fu l'arma di un omicidio. La vittima fu una donna molto bella e molto cattiva» sorrise.

«Interessante – osservò Russo – Quando avrò un po' di tempo ripasserò di qui e mi racconterà tutto. Ora vado, la lascio lavorare».

«Faccia quattro passi all'aria aperta commissario. Post prandium aut stare aut lento pede deambulare. Dopo pranzo o riposare o passeggiare lentamente – strizzò l'occhio, complice stavolta – Ancora la scuola medica. Ne segua i precetti, non sbagliano mai».

Russo a passeggiare non ci pensava proprio. Salì un piano e lesse su una porta: Guarino. Sull'altra niente, nessuna targhetta. Bussò alla prima. Dopo qualche secondo, parecchi secondi per la verità, sentì una serie di mandate e la porta si aprì. Apparve un uomo con i capelli di uno strano biondo e gli occhi chiari spalancati. Appena ebbe messo a fuoco chiese: «Sì?».

Russo si presentò ed espose il motivo della visita. L'altro lo fece entrare e chiamò: «Mariagrazia».

Lei arrivò con un camicione ampio di stoffa stampata a quadretti e tese subito la mano al commissario.

«Era una ragazza gentile ed educata. Da me si fermava spesso a raccontarmi del fratellino perché quando era più piccolo l'ho tenuto spesso con me quando a casa loro non c'era nessuno», raccontò appena le ebbero spiegato.

«Le ha mai manifestato il desiderio di uccidersi?» chiese a bruciapelo Russo.

«Che dice commissario? Quella ragazza era la gioia di vivere in persona. Anche se…».

«Anche se?» incalzò il poliziotto.

«Anche se ultimamente soffriva di insonnia».

«Come mai?».

«Non se lo spiegava neanche lei, dava la colpa alla luce. Dice che si svegliava quasi ogni mattina appena la luce entrava in casa. Si disperava perché la mamma non la ascoltava e continuava a tenere le imposte aperte anche di notte. E poi…»

«E poi diceva di sentire dei rumori, delle voci».

Russo si fece attento. Il marito della donna cominciò a mostrare disagio.

«Dietro la tenda gialla, non so se l'ha vista».

«Sì, continui pure».

«Lei ci scherzava, diceva che c'erano gli spiritelli e si faceva tante risate. No commissa', Gemma non si sarebbe uccisa mai. Però magari è caduta, forse non era ben sveglia, il balcone aperto, ha perso l'equilibrio…».

Il commissario pensò alla traiettoria, alla distanza tra il corpo per terra e il palazzo. Non si sarebbe arreso finché aveva ancora tempo.

Neanche una parola Russo riuscì a cavare dalla bocca dell'unico dei fratelli De Santis che trovò in casa.

«Commissa', ma chi 'a sapev? Non lo so se aveva problemi... no, non la vedevo mai, non ci avevo mai parlato... ntz» questo fu il tono della conversazione con quella specie di gatto dagli occhi verdi e dai ricci scuri che aveva aperto, in mutande, la porta senza targa.

Salì e per le scale incontrò Caterina con l'ultimo bambino al collo. La ragazza era grassa e malvestita, aveva un faccione bianco e slavato, i capelli disordinati e legati dietro e sudava copiosamente mentre Russo le chiedeva di Gemma. Aveva cinque bambini piccoli, tutti maschi ed era già vedova. Il marito era morto in un incidente, mentre trasportava calcestruzzo a un cantiere, ma non era assicurato, non aveva contratto e nessuno aveva pagato per quella morte. Lo avevano fatto risultare lavoratore autonomo e ora lei aveva cinque bocche da sfamare, oltre alla sua, e nemmeno uno straccio di lavoro.

Aveva altro a cui pensare, Gemma era già un ricordo lontano: «Commissa', non so niente, abbiate pazienza».

L'ultimo da visitare era Franco Leo, originario dell'agro nocerino sarnese, impiegato all'ufficio affissioni del Comune, allampanato, con le maniche della camicia troppo corte e una piccola cicatrice sul labbro superiore: «Scusate dotto', trovate tutto in disordine perché stamattina sono dovuto uscire prima del solito. Poi io al Comune stacco alle quattordici e adesso ho il rientro, non ho troppo tempo per...».

«Nessun problema signor Leo, volevo una sua impressione sulla ragazza, qualche episodio, se negli ultimi tempi ha notato qualcosa. La conosceva?».

«Eh sì – fece l'uomo – La conoscevo, la vedevo quasi tutti i giorni perché con la mamma non vado troppo d'accordo. È una donna dai modi spicci, troppo fredda, un poco scostumata se posso esprimere un'opinione». Parlava tenendo gli occhi semichiusi, guardando un poco al lato del commissario, come se stesse riflettendo intensamente.

«E la ragazza?».

«Ah lei no commissa', lei era dolce e simpatica. Non sapete quanto sono addolorato. Sono i migliori che se ne vanno, è proprio vero. Ma che è successo? Dicono che non si è uccisa, ma è vero? Ditemi commissa'».

«Veramente sto cercando di chiarire alcune cose, ma non c'è niente da dire per il momento. Non avete notato niente di strano negli ultimi giorni? La ragazza, non so, aveva cambiato umore, incontrava qualcuno?».

«No commissa', proprio niente, era tutto normale. Ora mi dispiace, devo andare se no poi devo recuperare domani mattina...».

Russo se ne andò e salì, come aveva promesso, a prendere il caffè con le signore.

***

Acqua frizzante. Ne sento ancora il sapore in bocca. Mamma sta meglio. Le sue amiche bevono tanto e chiacchierano, chiacchierano. Lei non parla, però ascolta, sorride, annuisce. Anche se negli occhi ha tanto dolore.

Io starò qui ancora per poco, me lo sento. Mi sento già più lontana, più distaccata. Tutto questo mi interessa meno, però ricordo certe cose. Quel colpo, quel colpo forte nella pancia, non era dolore, era paura. All'improvviso una paura terribile, una sensazione…

Quel poliziotto fa tante domande. Mi fa ridere perché le amiche di mamma lo fanno parlare di altre cose, gli stanno intorno, è il loro divertimento di oggi. Poi lo racconteranno in giro il loro pomeriggio con il poliziotto.

Il commissario Russo sta dicendo che ha visitato tutti nel palazzo: Franctiello e Caterina, Mariagrazia e i De Santis e pure il dottore giù. Dice che non gli hanno detto niente di utile. E che gli potevano dire poi. Che c'entrano loro? E quando io stavo affacciata quella mattina loro dormivano ancora… tranne…

Ma che fa il commissario? Si è alzato e guarda fisso i chiodi dove mamma tiene appese le chiavi. Sono tutte uguali, copie delle chiavi di casa, dell'altra porta però. Eh, perché servono alle persone che vengono qui per gli affari che stanno dietro la tenda. Io non lo so mamma a chi le dà, però stanno sempre tutte appese, almeno la sera quando andiamo a dormire, le chiavi tornano tutte al loro posto.

E lui guarda, guarda. Chissà che ci vede poi, sono tutte uguali. Forse gli piacciono i colori. Perché mamma per distinguerle ci ha messo un portachiavi di plastica a ognuna di loro. E ogni portachiavi ha un colore diverso. Eccoli in fila: rosso, giallo, bianco… Manca solo una chiave. Strano, visto che in casa non c'è nessuno da quando è successa la disgrazia. Però ci manca. C'è proprio il vuoto. Il verde, manca quello verde.

E il commissario guarda, poi si gira e chiede a mia mamma che chiavi sono. E per forza. Non poteva non chiederlo.

Mamma si asciuga le mani, stringe gli occhi… ha notato pure lei che ne manca una. Si toglie il grembiule, segno che si sta concentrando, gira intorno al tavolo e si avvicina. Resta a guardare anche lei. Mentre il commissario guarda lei.

Restano così per qualche secondo. Poi mamma si mette le mani in testa e si dispera: «Non mi ricordo – dice – Non mi ricordo a chi l'ho data» e piange.

Il commissario la prende per le spalle: «Signora si calmi, mi spieghi bene, che chiavi sono?».

«Commissa', commissa'» dice lei scuotendo la testa. Le amiche hanno fermato tutte le attività e seguono la scena con attenzione.

«Coraggio signora, non mi interessa nulla in questo momento, sono qui solo per Gemma. Signore, vi dispiace lasciarci soli?».

Le amiche a malincuore se ne vanno.

«Queste sono tutte chiavi di questa casa, dell'altra porta però. Lei è stato dietro la tenda, ha visto i separé. Commissa' queste le do alle puttane che portano i clienti. Ma la sera le chiavi devono stare tutte qua. E i colori servono proprio per ricordarmi a chi le do. Ma non mi ricordo, non mi ricordo. Non mi sarei dimenticata mai, ma il colpo è stato forte... Quello che non mi spiego è come mai non mi ero accorta che la sera prima della disgrazia qui ci mancava una chiave».

Mamma si copre la faccia con le mani. E piange. Lo so, pensa che è colpa sua se sono morta.

***

Mancavano meno di ventiquattro ore allo scadere del tempo che la dottoressa Trotta gli aveva concesso. Ma la scoperta della chiave mancante aveva dato a Russo altra carica e la certezza assoluta che Gemma fosse stata assassinata.

Ma da chi? Da un cliente o da una prostituta stessa. Non aveva uno straccio di movente. Però poteva scoprire chi era in possesso della chiave verde.

Nel momento stesso in cui aveva notato quella fila di chiavi con i portachiavi colorati qualcosa gli era scattato in testa. Quell'immagine gli ricordava qualcosa... qualcosa fuori posto, qualcosa che aveva già visto. Ma cosa? Prima ancora di scoprire che ne mancava una, era come se lo sapesse già. Però non capiva perché.

Quella mattina tornò a casa Coralluzzo per aspettare le ragazze convocate da Filomena, ma nello stesso tempo voleva tornare dietro la tenda e esaminare attentamente le alcove.

«Buongiorno commissa', venitevi a prendere il caffè». Filomena aveva perso la sua aria battagliera e pure quel poco di colore che aveva appena riacquistato era sparito del tutto.

In cucina c'erano due ragazze molto giovani in jeans e maglietta colorata, senza trucco e con le scarpette da ginnastica.

«Queste sono Tina e Floriana, sono le uniche che ho trovato. Ormai si è sparsa la voce che qui non si può più venire e sono sparite tutte».

«Signorine – disse Russo – avete visto la chiave verde, ricordate di averla usata?».

«Io sì – disse una delle due, una biondina con gli occhi scuri un po' grassottella – L'ho usata spesso negli ultimi tempi, ma non proprio le ultime volte. L'ultima chiave che ho avuto è stata quella bianca, due o tre sere prima della disgrazia. C'era qualcuno anche nell'altro separé, era molto fastidioso ...».

Si fermò improvvisamente, come presa da un pensiero.

«Cosa c'è?» Russo alzò subito le antenne.

«Ricordo una cosa insolita».

«Andiamo – si alzò Russo di scatto – Mi faccia vedere con precisione».

Attraversarono la stanza attigua alla cucina, con i letti di tutta la famiglia Coralluzzo, poi un'altra stanza semivuota e l'ingresso. Filomena, con un gesto deciso, spalancò la tenda, rendendo visibile tutto quanto aveva sempre tenuto nascosto. Per un attimo si fermò davanti a quello spettacolo, come se lo vedesse la prima volta. Poi scosse leggermente la testa, si pulì le mani sul grembiule e si fece da parte aggiustandosi la solita ciocca di capelli ribelle.

«Mi faccia vedere signorina» Russo si rivolse alla ragazza bionda.

«Floriana – fece lei – Mi chiamo Floriana. Allora, io stavo qua – e indicò uno dei due letti – Il mio cliente era uno studente, un ragazzo per bene, ma troppo timido, uno di quelli che hanno problemi con le donne e a cui noi dobbiamo insegnare proprio tutto. All'improvviso cominciai a sentire chiaramente una conversazione, sussurrata sì, ma ogni tanto le voci si alzavano e notai che quella di lei mi era sconosciuta».

«E quella di lui?».

«Anche. No, volevo dire che noi ragazze ci conosciamo tutte…».

«Cosa sentì?» chiese Russo.

«Lei diceva 'Lo avevo scritto perché non arrivavi, ma poi l'ho perso' e lui 'l'ultima volta che vengo qui, mi possono vedere. Come hai potuto perdere il biglietto? Scoppierà uno scandalo'. Tutto questo l'ho sentito chiaramente».

«Parlavano di un biglietto?» chiese subito il commissario.

«Sì» disse lei.

«E non sa a chi appartenessero quelle voci?».

«Assolutamente no».

Filomena stava con una mano davanti alla bocca. Si guardarono tutti. Russo prese a passeggiare avanti e indietro.

***

«Devo bere» ha detto mamma. Ed è scappata in cucina a piangere.

Io mi sto ricordando tante cose. Povera me. Non ci avevo fatto neanche caso a quel biglietto. Quella notte, forse due o tre prima della disgrazia, avevo solo sbirciato dietro la tenda. Lo so che mammà me lo aveva proibito. Ma io non avevo resistito perché era notte e lì non doveva esserci nessuno. E invece quei fruscii, quelle parole sussurrate... Ero certa che c'era qualcuno. Quando il vento l'aveva un poco aperta e avevo visto quella donna bellissima con i lunghi capelli neri stretta tra le braccia di…..

Mamma sta guardando le chiavi. Le fissa, cerca di capire. Mammà, mammà, ricordati. La chiave verde non l'hai data a nessuno. Te l'hanno rubata. Ricordati chi è venuto da te e tu non te lo aspettavi proprio. Mammà, fai uno sforzo, ricordati, ricordati…

Quella notte io non smettevo di guardare. Lui la implorava di amarlo, di non minacciarlo mai più, che nella loro casa non ci potevano più andare perché sua moglie aveva voluto darla in fitto, ma che avrebbe trovato una soluzione, come aveva fatto per quella notte. Quella notte, diceva, era tutta per loro. E le baciava la bocca, gli occhi, le guance, i capelli. La sollevò di peso e la trasportò verso una delle alcove, mentre gli occhi gli ardevano di desiderio. Poi le strappò di dosso il leggero vestito. Lasciò la tendina aperta, credeva di essere solo. Un animale, non era un uomo, non più.

Chiusi gli occhi per la vergogna. Rimasi però lì immobile a ricordare quello che avevo appena visto. Il corpo di quella donna splendida divorato dalle mani, dalla bocca, dal sesso di lui. Lui che mi appariva sotto una luce completamente nuova. Chi l'avrebbe immaginato?

Forse rimasi troppo a lungo lì ferma. Perché quando riaprii gli occhi lei si stava rivestendo e lui si stava sistemando. Poi lei andò via. Io ero nascosta nel balcone e in punta di piedi scappai verso la cucina, ma accanto alla porta di ingresso c'era un biglietto a terra. Lo raccolsi e lo aprii. Mi misi a leggere. Credo che lui mi vide così. Col biglietto in mano. Mi affrettai verso il mio letto senza guardarlo in faccia, ma lo avevo visto bene e lui lo sapeva.

***

Ancora quindici ore. Russo era deciso a sfruttarle tutte. Avrebbe cercato fino alla fine, poi avrebbe utilizzato l'unica arma che aveva: raccontare alla dottoressa Trotta la storia delle chiavi e del biglietto.

Bisognava cercarli entrambi e allora aveva ordinato alla sua squadra di setacciare tutto l'appartamento, di non trascurare neanche un angolo, nessun dettaglio.

E loro erano lì che frugavano dappertutto, l'ispettore Ugo Prisco e due agenti in gamba: Gianni De Maio e Vito Vitolo. Lui, nel frattempo, guardava. Guardava e pensava. Pensava e cercava di ricordare. La chiave verde, cosa gli faceva venire in mente? Ora gli sembrava più niente. Come mai avesse avuto quell'impressione non lo sapeva. Nella sua mente c'era il buio, una notte nera senza fine.

E invece fuori era un pomeriggio caldissimo di agosto.

Gli agenti sudavano e Filomena stirava. I ragazzi e il marito erano fuori. Attraverso i balconi arrivava una melodia struggente, una canzone napoletana.

«È il maggiore dei De Santis – spiegò Filomena appena si accorse che il commissario era attento alla musica – Lui è diverso dagli altri, cerca di vestire bene, si interessa di tante cose, ma non lavora, non si arrangia, non ruba... poveretto, guarda il mondo da fuori e si fa campare dai fratelli delinquenti. Tutti ci hanno il dramma loro commissa'. È la vita».

Russo si affacciò alla finestra della cucina, che dava sulla via dei Canali. Al primo piano la segretaria del dottore fumava appoggiata al davanzale dello studio. Evidentemente il dottore non c'era. In quel momento si aprì anche la finestra al secondo piano e il commissario vide la testa dell'impiegato Leo sporgersi per guardare verso il basso. La donna giù sentì aprire la finestra e sollevò il capo sorridendo. Poi vide il commissario e tornò seria, gettò la sigaretta a metà e rientrò chiudendo. Leo a sua volta guardò in alto e fece un impacciato segno di saluto al commissario. Che ricambiò.

Stava riflettendo sulla possibile relazione tra i due quando sentì uno sbattere di tacchi dietro di sé. Si voltò, era Vitolo con in mano un foglio di carta molto malridotto. Quasi glielo strappò di mano.

«Stanotte lui non c'è. Se non ti vedo, te lo giuro, non rispondo di me: Sono disperata. Ti aspetto». Una scrittura stentata, femminile, il resto era illeggibile.

«Dov'era?» domandò senza sollevare la testa.

«Sotto una mattonella nel balconcino da cui la ragazza è caduta» rispose Vitolo.

Russo si avviò quasi di corsa. Il mattoncino stava all'altezza della ringhiera, si sfilava, poi si poteva sistemare di nuovo: «Come hai fatto a vederlo?» chiese all'agente.

«Commissario il foglietto non permetteva alla pietra di sistemarsi perfettamente, il mattone sporgeva, insomma lo avrebbe visto anche lei».

«Grazie per la fiducia - scherzò, indubbiamente eccitato, il commissario – Questo è di certo il biglietto di cui ha riferito la ragazza, Floriana, quello di cui parlavano le due voci sconosciute nell'alcova qualche sera prima del delitto, insomma della disgrazia» corresse con un po' di scaramanzia – Si trattava di due amanti dunque, forse lei non era una prostituta e lui probabilmente era sposato. Lei con questo biglietto lo ha minacciato di fare uno sproposito se quella notte stessa non si fossero incontrati». Andò in cucina e si riempì un bicchiere d'acqua, seguito da Vitolo e osservato da Filomena: «E quella ed altre notti infatti loro si sono incontrati, proprio qui».

Tornò a guardare le chiavi appese. Cosa gli ricordavano?

«Dottoressa, c'è una donna anziana che chiede di lei, si chiama Anna D'Amato, la faccio entrare?».

La dottoressa Trotta stava per firmare le richieste di arresto a carico di otto persone per un giro di usura di alcune centinaia di milioni di lire. Mente della banda era un insospettabile e le modalità erano odiose. Sarebbe stata una bomba, pensava la Trotta, i giornali ne avrebbero scritto per giorni, le ripercussioni su certi ambienti sarebbero state notevoli. Teatro della vicenda era proprio il quartiere in cui quella povera ragazza si era suicidata e su cui Russo insisteva per indagare. E in effetti pure a lei non passava quell'impressione di poca chiarezza…

Si fidava ciecamente di Russo: «Sono i poliziotti quelli che indagano» si era detta. Quando aveva capito che anche lui aveva la sua stessa impressione, gli aveva lasciato carta bianca. Ma lei era stata più fortunata.

L'inchiesta che aveva già quasi chiuso le scottava tra le mani.

L'unico che aveva riascoltato personalmente era stato il ragazzo innamorato di Gemma, Rocco Giudice: «...cosa ti aveva detto?» gli aveva chiesto un giorno che era andato a trovarla in procura.

«Che c'era una povera donna a cui stavano togliendo tutti i soldi, che ce n'erano anche altre, che c'erano persone cattive, ma che lei avrebbe smascherato tutti».

«Che ne sapeva lei?».

«Dottore, Gemma era curiosa come una scimmia, così diceva sua mamma. Ed era vero, ficcava il naso dappertutto, certe volte senza darlo a vedere, ma sapeva tutto di tutti».

Questa volta avrebbe dato lei una mano a Russo. E lui lo avrebbe gradito certamente. Era una persona seria lui, non chiedeva che di arrivare alla verità. E la verità, la Trotta ne era certa, era nascosta tra le testimonianze di quel processo a cui stava lavorando da mesi.

«Un vestito alla signora de Donato, nobile, bella come una sirena. Con i lunghi capelli neri e un corpo da modella, di quelli che fanno girare la testa agli uomini, che generano voglie, passioni e gelosia. Lei che in questo quartiere non ci avrebbe messo piede mai, avrei creduto io. Vedova senza figli, una di quelle da nascondere al proprio marito – Filomena raccontava e una ruga nuova le solcava la fronte scura – Quando la vidi arrivare provai fastidio ed emozione. Cosa poteva volere da me una donna così? Lei si tolse il giacchino corto e posò la borsetta nella mia cucina. Si guardava intorno come alla ricerca di qualcosa. Volle che le prendessi le misure. Io non potei fare a meno di notare che erano perfette. Gelosa di mio marito fino allo sfinimento, non vedevo l'ora che se ne andasse. Lasciai che si riposasse un attimo, me lo chiese... la lasciai in cucina».

Si fermò, posò la fronte sul braccio piegato sul tavolo ed emise un lungo sibilo disperato: «Ecco commissa', sta qua, sta qua – si alzò e aprì un cassetto, per un poco frugò dentro, si piegò per guardare sul fondo e tirò fuori un foglietto – Questo è l'ordine. "Abito bianco di georgette in seta, maniche a tre quarti, aperto sulle spalle". Già me la figuravo commissa', troppo bella». E pronunciò l'ultima parola piangendo e stringendo il foglio nella mano destra.

«Mi spieghi signora, non la seguo» mormorò Russo avvicinandosi.

«E non mi segue no, commissa', perché lei deve leggere con i suoi occhi. Legga, legga e guardi pure il messaggio, quello che la povera Gemma aveva nascosto: guardi la "m", come una doppia "e", e guardi la "p" con quella coda lunghissima. Lo vede commissa', lo vede? Chi era venuto da me con una scusa? Una persona che io non mi aspettavo proprio commissa', perché lo sapevano tutti che io non cucivo più da troppi anni. Ma a quella signora io non ebbi il coraggio di dire no e quando volle riposare la lasciai tranquilla in cucina e fu così che la chiave verde sparì». Filomena scoppiò in un pianto irrefrenabile.

Nella sua casa alla torretta di via Velia la signora, manco a dirlo, non c'era. Partita, aveva detto il portiere, senza dire nemmeno al marito per dove e per quanto tempo.

Lui cadde dalle nuvole, non sapeva niente di niente.

Ma Russo non smetteva di seguire un pensiero: la chiave

verde.

E finalmente la localizzò: su un tappeto, sotto una teca di vetro contenente chissà che cosa. Non riusciva a vedere di più.

***

«Bravo commissario, si sforzi ancora, cerchi di ricordare, come ha fatto mammà, lei sì, ci è riuscita».

***

«È una sagitella, veniva usata per il salasso ai tempi della scuola medica salernitana. Pensi che l'ho rilevata dalla polizia, proprio dai suoi colleghi. Era sequestrata perché nel 1943 fu l'arma di un omicidio. La vittima fu una donna molto bella e molto cattiva». La frase gli tornò in mente intatta, con la stessa voce che l'aveva pronunciata. Mentre l'ascoltava, qualche ora prima, guardava distrattamente quel pezzo di plastica verde con attaccata vicino una chiave che faceva capolino dietro la base della teca in cui lo strano strumento era custodito.

Quando si presentarono a casa del dottore Fulvio Spera, il commissario Russo, l'ispettore Prisco e gli agenti De Maio e Vitolo, lui sbiancò e strinse tre volte la palpebra storcendo naso e bocca. Aveva aperto personalmente la porta perché era solo e capì subito che non tirava aria buona.

Russo sperava in due possibilità: una confessione piena o almeno che la chiave fosse lì dove l'aveva vista il giorno prima. Diede ordine ai due agenti di stare davanti alla porta perché era in arrivo la dottoressa Trotta con delle importanti novità.

«Che succede?» provò a domandare il medico.

«Ce lo dica lei dottore - rispose Russo sorridendo – Cominci a raccontarci degli incontri clandestini con la signora de Donato, sposata con un alto dirigente del ministero della giustizia, del biglietto con cui lei la minacciava di fare uno scandalo e di come quel biglietto sia finito nelle mani della povera Gemma. Ci racconti del fatto che non poteva permettersi che sua moglie scoprisse la sua tresca, di come tutto qui sia di proprietà della sua signora – continuò ricordando il rapporto dettagliato che l'ispettore Prisco gli aveva appena messo a disposizione – di come lei abbia fatto fatica a farsi accettare nell'ambiente sanitario, visti gli scarsi risultati che ha conseguito all'università e qualche denuncia per imperizia. Devo dire altro o vuole raccontarmi qualcosa lei?».

Spera taceva, con gli occhi bassi. Russo entrò nello studio con Prisco e si accovacciò accanto alla teca in vetro. La chiave era lì, visibile solo a chi si trovava al di là della scrivania e non dalla postazione del dottore. La prese e gliela mostrò: «Perché la notte della disgrazia si è introdotto in casa Coralluzzo? Cosa cercava quando invece ha trovato Gemma e l'ha fatta precipitare dal balcone?».

Nessuno se ne era accorto, ma, accompagnata dall'agente De Maio, alle loro spalle stava, con gli occhi sbarrati, la signora Virna de Donato, bella come non mai pur trasfigurata dal terrore e dal dolore immenso: «Cercava il mio biglietto. Gli avevo dato io le chiavi sottratte con l'inganno a Filomena. Quando ho saputo dell'accaduto sono scappata perché mi sentivo in pericolo, ma ora sono tornata perché dovevo sapere la verità. E la verità è la peggiore che potessi immaginare».

«Non proprio la peggiore, il peggio deve ancora venire – entrò la Trotta reggendo un fascicolo aperto – Dottor Spera, lei ha usato Virna de Donato per introdursi in quella casa. Sapeva che la ragazza Gemma Coralluzzo vagava di notte irrequieta per quelle enormi stanze. Lo sapeva perché controllava dalla finestra i suoi movimenti quasi ogni mattina all'alba e quel giorno si è introdotto in casa con il preciso intento di ucciderla. Qui è documentato tutto, le conviene collaborare. Da questo momento in poi tutto quello che dirà potrà essere usato contro di lei».

L'interrogatorio alla presenza dell'avvocato fu una passeggiata per la Trotta che fin dal primo sopralluogo aveva destinato parte della polizia giudiziaria ad approfondire l'altra indagine, quella che portava proprio in quel quartiere per il grosso giro di usura controllato dal parente di Giuseppe Esposito, il don Giuseppe dell'infanzia di Gemma, arrestato cinque anni prima come capo di un'associazione camorristica che operava in tutto il centro storico.

«Ora le dico io com'è andata – aveva cominciato la Trotta - La tresca con la de Donato è stato un pretesto per introdursi in casa Coralluzzo. Lei e la sua amante usavate, per i vostri incontri clandestini, un appartamento di via dei Principati di cui lei aveva la disponibilità assoluta. Ha fatto credere alla signora che sua moglie avesse deciso improvvisamente di affittarlo. Vi siete disperati per un po', lei recitando, la de Donato per davvero, e poi lei ha finto di avere un'idea, un po' azzardata, avrà fatto un po' di scena 'scusa se ti costringo a questo, ma pur di vederti…', finché le ha raccontato di casa Coralluzzo e di come lì ci si potesse incontrare senza dare troppo nell'occhio. È riuscito a convincerla ad andare a rubare la chiave col pretesto del vestito, le aveva detto bene dove doveva prenderla. Ha tenuto la donna, follemente innamorata di lei, per qualche ora sulla corda, così, per convincerla del tutto. Non aveva previsto però che lei, in preda alla disperazione di non riuscire a vederla, scrivesse un biglietto in cui la minacciava di far nascere uno scandalo. E che poi lo perdesse addirittura. Eppure attenzione, il biglietto non era la cosa più importante di cui la povera Gemma era a conoscenza».

A questo punto Spera aveva tentato una debole difesa: «Io non volevo ucciderla…».

«Invece sì – aveva risposto pronta la Trotta – Ma non per paura dello scandalo. In gioco c'era di più. Lei, dottore Spera, nonostante i burrascosi trascorsi è un oncologo di fama almeno in questa regione. Così, grazie alla fiducia cieca che la gente riponeva in lei, procurava le vittime a Pietro Esposito, l'usuraio di vicolo dei Barbuti, con un immondo stratagemma: diagnosticava ai suoi pazienti meno abbienti malattie inesistenti, curabili, secondo i suoi consigli, con medicine e interventi costosissimi. Poi, mosso da una ben recitata compassione, li indirizzava verso il suo complice. Loro, accecati dal dolore, dalla paura e dalla povertà, entravano in un tunnel dal quale non riuscivano più a uscire. Dopo poco lei diagnosticava la guarigione completa, ma ormai era troppo tardi per quelle povere persone».

Un silenzio attonito era calato tra i presenti.

Il commissario Russo si era mostrato sorpreso, ma soddisfatto per i particolari scoperti dalla Trotta, che chiudevano il cerchio in maniera inequivocabile e ora assisteva all'interrogatorio con malcelato orgoglio. Indagine chiusa in novantasei ore. L'intuito era ancora la sua migliore qualità.

«Quello che Gemma aveva ereditato veramente dalla

mamma – continuò il magistrato - era la curiosità e l'interesse per gli altri. La ragazza parlava con tutti e tutti le raccontavano i loro guai. Quello che lei faceva l'ha scoperto così, raccogliendo le confidenze di una povera vecchia, la signora Anna D'Amato, che lei ha prima terrorizzato diagnosticandole un terribile tumore al rene, approfittando di piccoli disturbi dell'età, e poi ridotto alla miseria più nera. Ma la povera donna si era confidata con Gemma e la ragazza, parlando con più persone, aveva capito che c'era un legame tra lei ed Esposito…

***

… e una volta l'ho affrontato e l'ho minacciato di raccontare alla polizia che faceva affari col nipote di don Giuseppe. Lui da allora mi trattava bene, era sempre gentile e sorridente, così non mi faceva capire quello che stava pensando di fare.

Quella notte, quando lo vidi dietro la tenda con quella bella donna che voleva essere cucita il vestito da te, mammà, mi insospettii e mi rifugiai subito a letto.

Ma ormai lui aveva deciso.

Così in quella notte di luna piena, mentre già la luce del sole stava prendendo il sopravvento, sentii solo uno scatto, il lucchetto dell'altra porta. Quando la tenda si mosse pensavo fosse il vento e mentre lui mi spingeva giù tutta la mia vita mi passò davanti, proprio così, come si dice nei film, e vidi ogni singolo fotogramma della nostra disgraziatissima e bellissima storia… Se avessi saputo allora che si muore, mammà, è proprio così che avrei voluto morire, sospirando di gioia per la bellezza della vita che mi stava aspettando.

Epilogo

2014

Aveva visitato i luoghi più belli della sua città. L'insegnante di lettere li aveva accompagnati lungo un percorso fatto di stradine e slarghi, chiese e palazzi, giardini e musei. Aveva ascoltato storie di principi e cortigiani, di conquiste e rivoluzioni, di guerre e bombardamenti, di terremoto, abbandono e ricostruzione. Aveva ammirato lo splendore di fregi e affreschi, pavimenti e colonne, la suggestione delle ombre, la bellezza della luce. Al palazzo della storia di Salerno si era soffermata sul dipinto di una donna che curava i malati, poi sul documento dell'arrivo di Garibaldi, sulle fotografie dello sbarco degli alleati e sul progetto di restauro di palazzo Fruscione. Era proprio in quel punto, San Pietro a Corte, che la storia della città era narrata tutta attraverso le sue stratificazioni, sette metri sotto terra e in quell'unico locale sopravvissuto della reggia del longobardo Arechi II, la cappella palatina. Lei era incantata. Dentro di sé sentiva pulsare i secoli, una lunga vita di passione.

Finalmente erano entrati nel museo dello strumentario medico, un luogo importante nella città della famosa Scuola Medica Salernitana. Lei era stata attratta da una specie di spatola molto affilata, chiusa in una teca di vetro in un angolo non troppo in vista. Allora l'aveva indicata e aveva chiesto al medico-storico, il direttore del museo: «Che cos'è?».

«È la sagitella» aveva risposto lui «Serviva per il salasso.»

«E tu, bambina, come ti chiami?.»

Lei aveva alzato sull'uomo i suoi grandi occhi azzurri: «Gemma – aveva detto – Mi chiamo Gemma.»

La sagitella

Con il termine di *sagitta* o *sagitella* s'indicava lo strumento chirurgico di piccole dimensioni utilizzato sin dall'antichità per incidere la vena nella pratica del salasso. Era formato da un manico e da una piccola lama metallica lanceolata, da cui anche il termine di *lanceola* o di *phlebotomum*. Con questa si pungeva la vena o si eseguiva un taglio perpendicolare sulla stessa. L'incisione poteva essere attuata dal lato della lesione e si parlava di *metacentesi* oppure dal lato opposto: *antipasi*. La procedura attraverso la quale si apriva la vena per far fuoriuscire una determinata quantità di sangue a scopo terapeutico era nota sin dai tempi d'Ippocrate (V sec.), intesa a evacuare gli umori alterati in caso di febbre o di malattia, *materia peccans* causa d'insorgenza dei processi morbosi. Il salasso, condannato dal medico alessandrino Erasistrato (304-250 a.C. circa), fu apprezzato e avallato da Galeno (138-201), che per primo ne espose la tecnica e le indicazioni, la vena da aprire, la stagione, il giorno, l'ora e le condizioni astrali in cui eseguirlo.

Sull'applicazione del salasso si distinse particolarmente la Scuola di Salerno, che ne perfezionò la dottrina e le regole per una maggiore efficacia, l'età, il temperamento, la sede dove applicarlo, la quantità di sangue da estrarre, la frequenza delle cavate. Come trattamento preventivo e curativo è descritto con dovizia di particolari nel *Regimen Sanitatis* e ancora nel poemetto *De Phlebotomia* di Giovanni Dell'Aquila, medico abruzzese vissuto intorno alla metà del XV secolo.

La sede d'intervento con l'uso sapiente della *sagitella* era la piega del gomito e la vena scelta a volte la *cefalica,* ovvero la vena che risale esternamente lungo il braccio, oppure la *basilica* o *cubitale,* quella che ne costeggia il lato interno. Con pari frequenza era scelta anche la *salvitella,* la vena che corre sul dorso della mano.

La pratica del salasso è stata in auge fino al XIX secolo con veri e propri eccessi tra il XVII e il XVIII secolo, magistralmente castigati da Molière, per cadere infine in disuso negli ultimi cinquanta anni, gradualmente sostituita dal sanguisugio introdotto dal medico francese Broussais nella prima metà dell'800.

Giuseppe Lauriello
Medico e Storico
della Scuola Medica Salernitana

Sommario

Runa Editrice

via Firenze, 43 • 35010 Villafranca Padovana (PD)
www.runaeditrice.it - redazione@runaeditrice.it

Stampa: Projectimage, Villafranca Padovana (PD)
finito di stampare nel mese di giugno 2014
su carta ecologica certificata FSC